女學生偵探與古怪作家

女學生偵探系列一

てにをは＝著
なのり＝繪

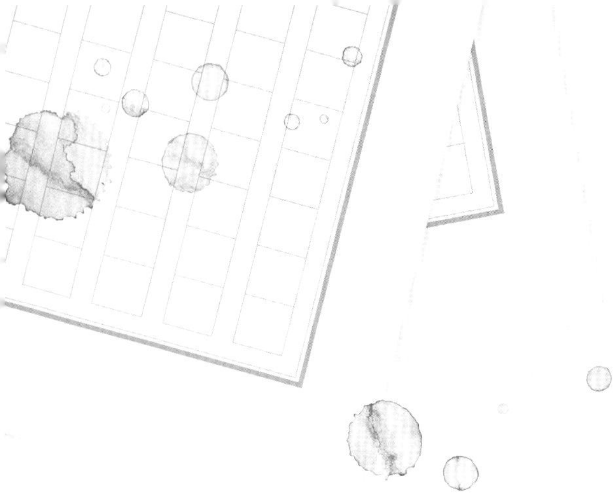

目錄

女學生偵探與古怪作家

女學生偵探系列一

てにをは 著
なのり 繪

輕文學
Light Literature

明尾高中樓頂墜落事件

女學生偵探與古怪作家

女學生偵探系列一

——那麼，不好意思，我上去一下。

第一章　我去煮咖啡

五月第一個星期一的早晨。

這天，我想要做點不一樣的事情，於是捧著畫板和水彩往樓頂走去。

感覺待在那兒應該能夠畫出好作品。

要畫的對象已經決定了。一開始就決定了。

我知道直接拜託對方，對方一定不肯當我的模特兒，所以只能夠憑印象中的模樣描繪。這樣做固然悲哀，不過這麼一來，我在哪兒都能畫。既然在哪裡都可以，換個心情上樓頂去畫畫，應該不錯吧？

——花本雲雀基於這種想法走上校舍的樓梯。既然特地早起了，她想要有效利用時間。

目前是清晨五點半，一個早到不能再早的時間。想著想著，我不禁打起呵欠。

我還是第一次這麼早來學校，所以有些緊張。雖然打了呵欠。

工友大叔正在校門前做著無聲的收音機體操。這一路上都沒有遇到半個學生。

樓梯平台處雜亂地張貼許多教人看不下去的手寫海報。

戲劇社、吹奏樂社、攝影社、茶道社、辯論社、柔道、劍道、弓道。

其他還有這些那些，數不清的這些那些。

每張海報一個不漏地都蓋上了「明尾祭」的紅色印章。

在解釋「明尾祭」之前，我先簡單說明一下我就讀的這所學校。

私立明尾高中，創校四十年，男女合校，學生約有八百人。加上同好會的話，社團數量眾多，連我也不確定有多少。順便補充一點，我隸屬美術社。校訓是「勤勉」、「友愛」、「熱情」，校旗的圖案則是分別象徵這三個意思的銀色、金黃色和紅色葉子。

然後，所謂明尾祭就是這所明尾高中每年五月舉辦的校慶活動通稱。

在明尾祭即將到來的這段期間，堪稱學校一大亮點的社團宣傳戰也達到了最高潮。搶攻海報張貼位置只是這場戰爭的其中一環罷了。

各社團為明尾祭準備了各式各樣的企畫活動，並且利用各種方式宣傳，因此校內跟失控了沒兩樣。

一方面也是因為我們學校從創校起就提倡自由的校風。若這類情況繼續鬧下去將會無法收拾，連教職員也拿學生沒辦法。

如何管理明尾祭失控的活動和表演內容，似乎是學校多年來的難題。

嘿！咻！我以一定的節奏跨過堆在樓梯途中的庫存用品和備用椅子。

「在新鮮的環境裡一定能夠畫出好作品。冷死了！」

我幹勁十足地打開通往樓頂的門，一陣冷風迎面吹來。

這個時節的清晨仍舊寒冷。

美術社規定每個人至少必須在明尾祭上展示一件作品，我卻連一件作品都還沒有交出去。

一方面是因為模特兒不配合，不過最大的原因還是我本身能力不足。

被逼到最後，我於是聲稱要轉換心情，跑到樓頂上來試試。這個主意或許有欠考慮。

好冷。

我瞇起眼睛望著剛亮起來的嶄新天空。

「哈啾！」

打了一個奇怪的噴嚏。

我還是回社團教室去吧。我這麼想著，視線看向腳下。

那兒有——

「……咦？」

幾乎就在樓頂的正中央處，有一個女學生倒在暗灰色的水泥地上。

我不由得當場弄掉了畫板。

血。地上滿是鮮血。

以腦袋為中心向四面八方飛濺。

她的手似乎朝著不合理的方向彎曲，是我多慮了嗎？

那位女學生只有一隻腳上穿著室內鞋，不對，應該說是一腳的室內鞋掉了。鞋子落在距離她很遠的地方。

這是一幅詭異的景象。

一旦有了這種想法，我怎麼看都只覺得詭異了。

我抬頭仰望上方。一如字面所寫，就是那位倒地學生的正上方。

「……掉下來的？」

那兒只有一片逐漸變藍的廣闊天空，沒有任何東西。

然而，這名學生卻掉了下來。

從天上掉落到樓頂上。

「沙穗！」

我喚著朋友的名字，跑上前去。

這天放學後，我被叫進學生輔導室。當然就是為了女學生倒在樓頂上的那件事。在輔導室裡等著我的是班導師黑谷和校長。我一進去，他們兩人便異口同聲對我說：「別洩漏雨村的事情。」

雨村沙穗。

個性文靜，成績優秀，毫無疑問是一位資優生。她隸屬園藝社。

和我同樣是二年級，我們雖然不同班，卻是好朋友，也曾經與共同的朋友一起在那個樓頂上吃午餐。或許算不上是最要好的死黨，不過我們是朋友，至少我是這麼認為。

而現在，沙穗從天上掉了下來。

幸好發現時，沙穗一息尚存。我立刻跑去值班室說明事情原委並找來醫生。過了三十分鐘左右，我看見黑色的豐田CROWN轎車從後門進來，車上下來一位舉止緩慢的高齡醫生，氣喘吁吁地爬上樓頂。他的身後跟著一位擁有粗壯上臂的男性助手。

等我目送他們把沙穗送去醫院時，已經有許多學生陸續進學校了。

樓頂立刻就被封鎖。實際的意外現場只有我和部分老師看過，但還是在校內引起了小騷動。因為這個緣故，我整個早上和下午都無法專心上課。

「聽說花本同學是第一位發現的人？現場真如外傳流了很多血嗎？像血海一樣？到底是怎麼樣呢？」

聽到班上同學問出缺乏常識的問題，我一開始覺得很生氣，不過漸漸也就疲乏了，後來我則是頻頻轉移話題。話雖如此，不斷轉移話題也會讓人累到骨頭斷掉。

不對，真正斷掉骨頭的是沙穗。

她的意識似乎尚未恢復。

全身遭受的撞擊傷勢比起出血更嚴重，聽說骨折的地方不只一、兩處。

不過幸好沒有生命危險。在學生輔導室聽到這件事的時候，我鬆了一口氣。

「聽好了，今天早上的事情別胡亂到處張揚。其他學生會受到這種惡作劇的影響。」

我要離開輔導室時，老師還特別如此叮囑我。

失禮了——說完，我離開學生輔導室。雖然我一點也不記得自己做過什麼失禮的事情。

我大步走在走廊上，一邊思索老師們需要這樣不厭其煩地叮嚀我別張揚的原因。

一定是那個字的關係。

除此之外沒有其他可能了。無須再次確認，答案就寫在黑谷和校長的臉上。

老師們十分擔心沙穗留下的訊息。

是的，訊息。

那是她的瀕死遺言吧。
紅黑色的、形狀扭曲的、字。
血書。
她用自己的鮮血寫在水泥地上。
「X」。
內容就是這樣。
這是什麼意思？
「X……愛克斯……？」
根據趕到醫院的沙穗父母親表示，前一天，也就是星期天時，沙穗還是一如往常待在家裡念書，晚餐也和家人一起吃。印象中她似乎有些沉默，不過她原本就不是開朗活潑的個性，所以父母親也沒有特別放在心上。
然後，她告訴母親：「我明天一大清早就要出門去學校為明尾祭做準備。」因此她早早便就寢。事實上今天早上她的母親醒來時，沙穗已經出門了。
但她真的只是為了明尾祭的準備工作，所以那麼早出門嗎？
我邊思索著，邊來到了樓梯處。
「小雀，辛苦妳了。」

聽到有人叫我，一抬頭就見到一位女學生站在樓梯平台處。她皮膚白皙，有一對觀察入微的眼睛。

「小柚！我回來了！」

我奔上樓梯，撲進她的懷裡。

這位舉止宛如日本人偶一樣穩重的少女，露出困擾的笑容抱著我。

溝呂木柚方，來自鄰近縣市的好人家家庭，我與她從入學之初就是好朋友。她很擔心放學後臨時被老師叫去的我，所以在等我。

「來，妳的書包。」

她設想周到，還幫我把書包從教室裡拿過來。她的體貼逐漸緩和我因為今天發生的事情而暴躁的心。

「然後還有這個。妳今天要帶回家畫吧？」

她連我至今還沒用上的畫板都替我拿來了。

「小柚，等我轉世變成男生，妳一定要嫁給我。」

我努力對她開玩笑。

「也好，溝呂木雲雀聽起來很不錯。」

「是我入贅嗎？」

穩重賢淑的她總是會像這樣突然出現犀利的回應。我想這種地方也是她的魅力之一。

夕陽從樓梯平台的窗子照射進來。

遠處傳來吹奏樂社演奏的旋律。「想不起來這首曲子叫什麼」、「我喜歡單簧管的聲音」——我們兩人就這樣邊聊邊走向樓梯口。

「哎呀。」

柚方突然看向前方，我也循著她的視線看去。一位身材高瘦的男學生背靠著鞋櫃站在那兒。

「嘿，妳們好。」

他說，臉上的表情彷彿此刻才注意到我們。

「你好。」

「妳該不會就是花本雲雀學妹？」

「呃——」

我不禁語塞。

對方是我認識的人嗎？

我沒有印象。

「我們是第一次見面。我是三年級的五十嵐悠馬。」

莫非是我的兩隻眼睛裡寫著問號？他立刻察覺到我的不解並報上名來。

「啊啊。」聽到他的名字，柚方出聲說：「五十嵐學長是明尾祭的執行委員長。」

學長的髮色略淺，戴著四邊形眼鏡，態度和善。

「哈哈哈，原來是執行委員長。找我有事嗎？難道我做了什麼妨礙明尾祭進行的事情嗎？」

我妨礙了明尾祭嗎？——我鐵青著一張臉說。柚方也態度強勢地護著我說：

「學長太過分了！小雀從今天一早就頻頻遭受打擊，已經精疲力竭了。請看，她現在這狀態就像被撒了鹽巴的蛞蝓。你居然還要責備可憐兮兮的她嗎？」

「蛞蝓……」

我想應該還不至於到那個地步。

「冷靜點，妳沒有妨礙到什麼。我只是有點在意今天早晨發生的事。那位……在樓頂被發現的學生，情況怎麼樣了？老師什麼也不肯告訴我……我不是想要打聽八卦，只是在做好我的執行委員長工作。」

「學長擔心這件事會影響到明尾祭嗎？」

「妳真聰明。」

「我想一定不會有影響。被送去醫院的女學生似乎沒有大礙，應該不會有事。」

關於這個部分，我應該可以透露吧？

「這樣啊……謝謝。其他執行委員們也是從一大早就很擔心這件事，真是太好了。」

五十嵐學長說完，拿下眼鏡，擦了兩、三下眼睛。我注意到他左手捲著白色手帕，不過學長的眼睛嚴重發紅這點更讓我在意。

我愣了一下。難道他是因為我洩漏的消息感動到落淚嗎？看樣子不是這樣，他似乎只是睡眠不足吧。

「我昨天在家裡聽廣播，同時確認明尾祭當天的排程，弄到很晚。」

「廣播？學長該不會在聽『S盤時間』吧？」

「S盤時間」是週日深夜的廣播節目。

「嗯。昨天還是和平常一樣播著貓王、黛娜．舒兒等人的歌曲。」

五十嵐學長一手抹抹頭髮，這麼說道。

「我也經常收聽那個節目，不過昨天聽到一半就睡著了。」

我熱情地舉起雙手。

大概是父親過去經常放唱片的緣故，我從小就喜歡聽歌也喜歡唱歌。

雖然小雀唱得不好，不過我很喜歡小雀的歌聲！雖然唱得不好！

——這是站在我身旁的好友柚方最直率的評語。

「學長！你還在這裡偷懶！」

一位頂著娃娃頭的女學生走過來。

「啊，小桃。」

犬飼桃花，她是我的同班同學。

個子十分嬌小又出色，長相楚楚可憐卻是柔道社的新星，柔道技巧強到不像話，甚至有「明尾高中武鬥派資優生」的別稱，不過本人似乎不太喜歡這個別稱就是了。

「聽說妳狀況好的時候，甚至可以施展大外割的招式撂倒東京鐵塔，是真的嗎？」

「妳現在立刻把散播這個謠言的人叫過來，我示範大外割給妳看看。」

「啊，說得好！一勝！」

「什麼東西一勝？」

「還問是什麼東西？我們不是在講柔道嗎？」

我先和桃花搞笑對話一番後，才把話題轉向五十嵐學長。

「小桃，妳找五十嵐學長有什麼事？啊，小桃也是明尾祭的執行委員吧？」

「是的。」

她稍微交抱著雙臂，以炯炯眼神看向五十嵐學長。桃花家代代都是煙火師，據說她的強勢個性遺傳自父親。

「學長，我們沒有閒工夫站在這裡聊天。你不是應該要去確認校門前的拱門強度嗎？照理說你沒有時間在這裡玩耍！害我找了你大半天！請不要增加我的工作量！」

「啊，嗯，對不起。原來時間已經到啦？」
很顯然身為學長的他氣勢不如人。
「時間已經到了。好了，我們走吧，立刻出發！」
不過桃花還真是嚴厲。平常做事就很俐落的她，現在更是N倍速敏捷。
「雲雀，妳今天真是災難日呢。」
桃花拉著五十嵐學長離開時，頭也沒回地喃喃對我這樣說道。
「小桃似乎很焦慮，執行委員真忙碌。」
目送他們兩人離開後，柚方這麼說道。但我明白她焦慮不安的原因。
她掛心的恐怕不是明尾祭的準備工作。
而是她從小一起長大的姊妹淘雨村沙穗的情況。

「明天見！」
我在校門口與柚方揮手道別後，從新橋站跳上東京都電車，在車上搖搖晃晃地望著逐漸染成金黃色的街景。
最近汽車和公車增加，地下鐵也開通了，所以電車上沒有太擁擠。這種有些悠閒的氣氛令人神清氣爽。

等待水上巴士前往淺草的人群。

人們匆忙跑進跑出的報社。

在橋上招攬孩子們的金魚攤。

此刻似乎能夠聞到日式簡餐店飄出的香煎豬排香氣。

輕型機車、卡車、腳踏車在路上來來往往；豎起耳朵仔細聽的話，總是能聽到從某處傳來的流行歌曲；舞廳因為年輕人而氣氛熱絡。

自民眾宣稱這個時代已經不能再稱為「戰後」，究竟已過了幾年呢？

今天遲了些時間才離開學校，那個人大概會感到寂寞吧？

如果會就好了。即使知道這種情況不可能發生……

一想起那個人的臉，原本從今早就低潮的情緒瞬間振作，讓我不自覺哼起《相逢有樂町》這首歌。

「這裡是銀座喔！」

「有什麼關係。」即使坐在面前的小孩這樣糾正我，我還是不以為意繼續哼歌。

東京都電車悠然地通過三越百貨前面。

在神田站前這一站下車後，我一步步走在馬路上。

我逐漸興奮起來，開始追著自己的長影子咚咚往前跑。奔跑時，梳成辮子的頭髮像新生的稻穗一樣跟著彈跳，彷彿事不關己似的，讓我對此感到可笑。髮辮一彈跳，呼吸也跟著雀躍。我呼地吐著氣，跑進宛如鬼腳圖抽籤遊戲＊註1的小巷子裡。

我毫不猶豫地在這條細小巷弄間前進。

行經一戶老舊民宅前面，院子裡的狗兒慢了幾秒才開心吠叫。等到那個吠叫聲聽來很遙遠之時，我已經來到一戶西式洋房前面。

藤蔓攀爬的外牆由淺褐色的磚塊構成，狹小的院子裡草木茂盛。建築物雖然有兩層樓，不過整體顯得很小巧，窗子上的厚窗簾緊閉著。這棟西式洋房就像長途旅行歸來者的破爛鞋子一樣老舊，看起來很可疑。

事實上行經這條小巷的路人大抵都會以疑惑的眼神看向這棟建築物，漸漸地也開始出現屋裡住著壞東西的謠言。

「壞東西」指的就像是不斷進行瘋狂發明的怪博士，或是殺掉小孩、擠出鮮血並稱之為藝術的神祕畫家，又或者是連環畫劇中出現的壞蛋。

但是，住在這裡的人並非是上述這些，不對，換個角度來說，應該是比上述這些古怪上好幾倍的人。

環顧四周已是黃昏時分。雲朵交錯的天空猶如交織的迷宮或魔法陣一樣寬廣，也因此眼前的建築物顯得更加可疑，不過我毫不遲疑地打開玄關大門。屋裡儘管狹窄，還是有門廳，右手邊是一座通往二樓的樓梯。腳下是鮮紅的地毯，天花板則靜靜亮著四盞造型簡單的燈。

緩步走向通往一樓後側的走廊，左手邊就會看到一扇有著漂亮木紋的厚重房門。

那個人應該在這裡。從門外可看見房裡亮著燈。

我拍拍裙襬，擦擦汗水，調整呼吸後輕輕敲門。

沒有聽到任何回應，但我還是不以為意地把門打開。

「老師！」

我以刑警踏入犯案現場的氣勢進入房內。

「老師快聽我說！今天出了一件大……」

我開口正打算報告今天一整天發生的事情，卻沒能夠繼續說下去。

不是我誤會或看錯——房裡正站著一頭熊。

不是長得像熊的男人，就是熊的本尊。

一頭熊張開雙腿直挺挺地站在客廳中央。現在不是報告今天遭遇的時候了。

＊註1　在數條直線之間任意畫一些橫線，選一條直線往下走，遇到橫線則沿著橫線走到隔壁的直線，最後到達的終點就是抽中的項目。

那頭熊隨隨便便就超過兩公尺高。

我是熊喔！很可怕吧！——對方以這種態度高舉著前腳。

已經張到極限的嘴巴，以及嘴裡可見的大獠牙，讓我嚇得當場跳起來，隨後僵在原地。

嗚哇！是熊耶！那個是熊吧？不是強壯的鼬鼠，也不是發育良好的狗，對吧？嗚嗚，牠是咖啡色的。不過話說回來，今天太陽真的好晚才下山。已經五月了呢，明尾祭得加油才行。嗚哇！是熊！

我一步也動不了，就連大叫也叫不出聲，只有腦袋不停在胡思亂想。

此時在我背後，而且是在很靠近我的地方，有人開口說話：

「哎呀，這種地方居然站著雲雀的標本。還做得挺不錯的。」

一聽到那聲音，我終於能夠脫離僵直狀態。

我一回頭就看到一個男人站在那兒。

修長的身軀。

開襟襯衫配上黑色西裝背心。

眉間的皺紋不悅地皺起。

但是，嘴角隱約揚著犀利的微笑。

「老師！」

久堂蓮真就站在那兒。

「是熊喔！熊！會吼叫！會咬人！好……好吧！這裡我會想辦法，老師你快從後門逃走！不用擔心！我會施展爺爺教我的劍道想辦法擺平牠！啊！沒有竹刀！請……請給我什麼能夠代替的棒狀物！快點給我長度適合的棒子！」

「吵死了！」

「痛痛痛痛……」

我的臉頰被用力揪住。

「怎麼有這麼吵的標本，比本人還難搞。」

說完，老師拍拍我的腦袋，走向熊。

「還是安靜的東西比較適合當標本。」

「老師，危險！」

「標本。」

老師岔開雙腿站在熊面前，泰然自若地抬頭仰望。

「老師你會被咬！」

「我不是說了，這是標本啊！」

「欸？」

「這是棕熊的標本。」

說完，老師像在敲門一樣敲敲熊的腹部。這麼說來，這頭熊的確從頭到尾都不曾動過。

「為、為什麼會冒出熊的標本……？」

「為了寫作。」

「咦？」

「下一部作品是以熊標本的詭計為主。我想調查真正的熊標本如何製作出來，所以透過某個管道買來這頭熊的標本。」

「你……說什麼？為了詭計？老師為了寫小說……買了棕熊？一整頭的棕熊……就為了這個目的？」

「『就為了這個目的』是什麼意思？一切都是為了寫作，這點比什麼都重要。」

老師以毫不猶豫的口吻這麼說道。

我重重嘆息完，癱坐在地上。

每當我以為自己很了解這個人的時候，總會再度吃驚。

「能夠做到這種地步的推理作家，應該只有老師你吧……」

久堂蓮真。

他是推理小說作家，曾經出版過幾部長篇、短篇的小說。

其中以名偵探羽曳野無睡為主角的《六道島連續殺人事件》、《十牛亭消失事件》等的「無睡（睡不著）系列」偵探小說受到部分讀者的熱烈支持。

但是其內容多半太過出人意表且怪異，因此無法為一般大眾接受。

他曾經不用任何標點符號寫出一整本推理小說，也曾經以反覆三十次以上的劇中劇讓讀者墜入五里霧中。

「完全展現作者本人的古怪性格呢。」

「妳有說什麼嗎？」

「我什麼也沒說！只不過是再次深切明白老師的書為什麼賣不好了。」

「廢話。崇高的作品才不會輕易就被大眾接納！說起來，擁有包容力、藝術方面的敏銳感性的大眾，早已不算是一般大眾了。」

這個人沒救了。

我很快就放棄指責老師的所作所為。不管我說什麼，他都不會放在心上。久堂蓮真就是這樣的人。

只要是為了自己的作品，無論什麼狀況他都會毫不猶豫地採取行動，一點也不在意。

是的，就像為了小說詭計準備棕熊，然後他手上緊握著鋸子——

「……鋸子？」

我剛才沒注意到，老師的手上握著一把大鋸子。

「我剛剛就是去置物間拿這個。」

「你拿那個來要做什麼？」

「當然是鋸開這個標本。我要把頭切下來，剖開腹部，看看裡頭。」

「哇啊——！」

我猛然衝向老師，奪下那把鋸子。

「你在想什麼？雖說這是標本，你也不應該做這種事啊！老師是惡鬼！分屍狂！」

「別礙著我，我想了解熊標本的內部構造，想要親眼確認！然後我也想知道一個男人分解一頭熊標本需要多少時間。標本和鋸子都是為此所做的準備。」

「不行！」

「來，雲雀，幫我按著前腳。」

「不要！」

「我明白了。我會幫妳把熊頭用報紙包好，讓妳帶回去當伴手禮。」

「不要包！」

「難道妳打算直接帶回去？年輕女孩和正牌熊頭。想像起來似乎也不錯！」

「別對熊吉做那麼過分的事！」
「別替它取名字！」
兩人互相爭執了一陣子之後，總算冷靜下來。最後標本成了房間角落的裝飾品。
「太好了，熊衛門。」
「不是熊吉嗎？」
老師帶著十分不悅的表情解開胸前一顆釦子，直接徒手抓起茶几上小瓶子裡的咖啡豆，放進嘴裡咀嚼。
即使再偏袒他的人，也會覺得這行為明顯異常，更遑論第一次見面的人若看到他這舉動，十之八九都會微笑起身，沒事也要說臨時想起有事要忙，並匆匆告辭。
咔茲咔茲，咔茲咔茲。
就像被什麼東西附身了一樣。
「我去煮咖啡。」
我連忙轉身進入廚房。
直接打開櫃子門，拿出咖啡豆和手網，連忙開始烘焙咖啡豆。幾分鐘之後，咖啡豆的銀皮開始脫落。
久堂老師在心情特別不好或長時間沒喝咖啡而「想要立刻喝到咖啡」時，總是會開始嚼起咖

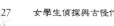

啡豆。而前者的情況與後者的情況，咀嚼力道會有些許差異。我清楚兩者的不同。

剛才的咀嚼方式表示他從白天起就專心寫稿，因此很長一段時間沒喝咖啡了。

他的臉上永遠寫著不悅，所以可以無視之。

深度烘焙、粗度研磨、高溫快速注水，按照這個順序才能夠煮出老師最愛的咖啡味。不過他還真是個怪人。我想起熊的事情，再度嘆息。

又怪又愛找麻煩。

心眼又壞。

老是盛氣凌人。

嘴巴又惡毒。

還缺乏常識。

一整天只想著作品。

如果他沒有成為作家的話，我真心覺得他應該會變成大壞蛋吧。

咖啡豆逐漸變色，也開始出現香氣。

我與老師的關係必須追溯到我小時候。

我家座落在神田神保町的一隅，父親用住宅的局部經營日式咖啡館；咖啡館是祖父從戰前便一路經營，戰後交由父親繼承*註2。我認識老師的時候才剛懂事而已，還沒有上小學。

咖啡館的店名是「月舟」。

聽說戰後有好一陣子物資匱乏，所以咖啡館經營得很辛苦。當時買不到咖啡豆，駐軍發配的物資也只夠供應給極少數的客人，因此改以大豆代替。

年輕的久堂老師剛成為作家時，已經是「月舟」的常客了。

我在那個時候就認識老師，而老師也在我仍哇哇大哭的時期就已經認識我。

咖啡豆發出爆裂聲。我停止沉浸在回憶裡，把火熄滅。

煮咖啡的技巧都是父親教我的。

我沒有母親。

老師深深坐進黑色單人沙發裡，蹺起腳，愉快地望著我煮咖啡冒出的熱氣，猶如在欣賞一幅美麗的畫作。

他的背後是必須抬頭仰望的成排挑高書櫃，令人彷彿置身在圖書館裡。

但是，還不只是這樣，房裡四處堆放著無法擺進書櫃的書籍。這就是我熟悉的環境。

「於是我一到樓頂，就發現朋友倒在那裡……」

因為熊標本的關係，害我很晚才能提起這件事。我再次將今天早上在學校看到的情況、發生的事情告訴老師。但就在我開始說明沒多久，老師緩緩拿起茶几上的橫溝正史的新作閱讀。期間也沒忘記喝咖啡。
「老師！請仔細聽我說啊！」
大致說完後，我逼近他。
「妳想說的是，那個人是從天上掉下來的，對吧？」
老師冷冷回答。他似乎一字不漏聽進去了。
可是在我說話時，他手上的書看來也前進了不少頁。這個人的腦袋究竟長什麼模樣呢？我再次感到不可思議，比起熊標本的內部構造更讓我感到好奇。
「老師，你認為人有可能從天上掉下來嗎？」
「現在不是發生了嗎？不就是因為妳察覺是這樣，才這麼說的嗎？」
「是沒錯啦……」
「聽好了，人如果超越自己的本分，想要飛上天，多數場合都會惹惱天神，不管是高高飛上天的伊卡魯斯＊註3，或是《舊約聖經》中出現的巴別塔＊註4。」

＊註2　日本的戰前、戰後是以二次世界大戰中的太平洋戰爭為分界，從明治維新到戰爭爆發的一九四一年之前，或也有說是到戰爭結束的一九四五年之前稱為「戰前」；戰爭結束的一九四五年之後為「戰後」。
＊註3　為希臘神話故事。伊卡魯斯背著蠟做的翅膀飛上天，因為太靠近太陽，翅膀熔化而摔死。
＊註4　《聖經》中記載，人類計劃聯合打造一座通天高塔，又稱巴別塔，此舉觸怒上帝。

「或是蜘蛛之絲＊註5，對吧？」
「那是不一樣的情況。」
「是嗎？」
總之，我明白只要惹怒天神，多半不會有好下場。
「有時人類會頭下腳上地從天空跌落地面，人們稱之為天譴。」
「天譴……啊。」
「妳不是說現場留下了訊息嗎？」
——X。
「啊！所以那個X是叉叉才對！是懲罰的意思＊註6，對吧！」
「妳要這樣解釋也行。不過妳真認為是天神要懲罰該名學生，才讓她跌落地面的嗎？」
「我沒有那麼想，不過……會不會是什麼未知力量把沙穗帶上天空的呢……」
說到這裡，我靈光乍現。
「對了！是風！有沒有可能是被突如其來的大風捲上天？」
我說出自己的想法。
「如果有那麼大的風足以把人吹上天，應該會對現場造成其他破壞吧。」
老師一笑置之，又補充道：

「就我所聽到的，現場的地形應該不至於引發那麼強勁的風勢，所以我想應該不是風吹造成的。」

對我來說，他願意和我討論已經謝天謝地了。

「不過這個『懲罰』訊息的意義好深奧，我本來一直以為那個X是指『愛克斯』。」

「愛克斯？啊，那個冒牌的社會運動者嗎？」

老師似乎一下子就參透了我的想法。

「就是妳這陣子經常提到的傢伙吧。」

「是的。就是那位在明尾高中引發話題的神祕社會運動者愛克斯。新聞社每個禮拜都在報導：『愛克斯又出現了！』、『膽大包天的犯罪聲明！』諸如此類。」

愛克斯。

是男是女？是學生還是老師？現階段一切都還是個謎。我們甚至連這個人是單獨行動或是一個團體都不清楚。

愛克斯在校舍牆壁上、校長桌上等所有地方，都留下了對於學校的激烈意見；有時也會駭入

＊註5　《蜘蛛之絲》是芥川龍之介的短篇作品，內容為佛祖從天上垂下蜘蛛絲拯救強盜，但強盜因趕走其他罪人的一念之惡，再度墮入地獄中。

＊註6　日文的「叉叉」音同「罰」，意思是懲罰或天譴。

校內廣播播放《國際學運之歌》。

愛克斯的主要訴求如下：

——現任理事長及校長是美國的傀儡。

——他們每年奪去學生的自主權，是必須斬之而後快的毒瘤。

面對這樣的內容，學校方面當然希望盡快找出犯人，對於學生的管理因此變得更加嚴格。只要學生出現可疑的行動，只要有學生攜帶可疑物品來學校，這些可疑學生就會一一被帶進學生輔導室去。

可是這一切圍堵都只是枉然，愛克斯現在依舊能夠避開學生和老師的耳目活動。

「這是想要加入全學聯的學生搞出來的把戲！」老師直截了當地這麼說。

全學聯，正式名稱是「全日本學生自治會聯合總會」，是戰爭結束幾年後，由超過一百四十位學生自治會組成的聯合組織。近期舉辦了各種活動反對《美日安保條約》，春天時還曾經與警方爆發激烈衝突。

順便補充一點，這些知識有一半都是從老師那兒現學現賣的。

姑且不論這些，一般人對於全學聯總抱持強烈的負面印象。

「我想，愛克斯和那則訊息應該有著某種關係……」

X＝懲罰。聽完老師的解釋之後，我更加搞不清楚狀況了。

「話說回來，妳覺得這次的情況屬於『哪一種』？」

「什麼意思？」

我因為這突如其來的問題感到不解。

「那位名叫雨村的學生事件，妳覺得是『意外』？『自殺』？或者是『他殺』？」

「這、這個嘛……」

說實話我也不清楚。學校方面當成意外處理，不過我們誰也不知道真相究竟如何。

「欸，等一下！沙穗她平安無事！所以不管是自殺還是他殺，都請加上『未遂』兩個字。」

「無所謂。」

怎麼會有這麼麻木不仁的人呢？而且也不求甚解。這個人當真是推理小說作家嗎？

「不過，我重新思考後認為不是自殺。如果要自殺的話，直接從樓頂往校園跳下去就好。」

說直接跳下去也有點奇怪。

「那位學生用鮮血留下訊息，由此看來『摔落在樓頂』大概『非她所願』。如果要自殺可以直接寫遺書，不用特地留下血書。」

這麼一來就很有可能是某個人害她受傷了。

「我還不清楚整起事件使用的手法是什麼，不過如果真是這樣，愛克斯果然涉嫌重大。」

「如果真是愛克斯的話，也未免太大意了。」

「怎麼說？」

「因為沒把人殺死。」

有著精明眼神的作家說完，靜靜地互換交疊的雙腿。

「如果這是某個人特意的作為，這個人特地選擇學校裡不易有人發現的場所犯案，還用了幾個詭計打造出不合理的現場，最後卻沒把人殺死，豈不是本末倒置？」

說得沒錯。

「老師，你是不是站在犯人的立場說話啊？」

他的意思似乎是——如果是我，一定會讓對方死透透。

「沒禮貌！我才不會自己動手！」

「這種話可以說得這麼光明磊落嗎？」

不過老師說得沒錯，為什麼要選擇學校呢？

「按照妳的說法，清晨的校舍裡幾乎沒有其他學生，是嗎？」

「是的。在我抵達樓頂的這一路上，沒有遇到半個人。」

「校門幾時開？」

「早上五點。不過因為目前在準備校慶，所以這個禮拜似乎是提早開門。我抵達學校的時間是五點二十分左右。」

老師闔上直到前一秒都還在閱讀的那本書，放回書櫃裡。
「難道……你在我們說話時，已經把那本書全部讀完了？」
「全部讀完了沒錯，又怎麼了？」
他臉上露出「少問這種無聊事」的表情。儘管他從以前就是這樣，不過不管什麼時候看到老師的速讀，仍會覺得像在變魔術。
「然後，還有其他路線可以通往樓頂嗎？」
「咦？沒、沒有！」
我連忙回答。老師的手擺在他那個有點窄的下顎上說：
「我記得還有其他棟校舍沒錯吧？」
「共有北校舍和南校舍兩棟。兩棟都是四層樓建築，沙穗倒臥的是南校舍的樓頂。」
兩棟校舍之間有連廊相通。
「如果兩棟校舍的四樓有連廊相通的話，利用連廊廊頂，也是有可能往來南北校舍——」
「連廊只有一樓有。」
每次上課換教室時，都要特地回到一樓，才能前往隔壁校舍。
真是麻煩的建築！——老師孩子氣地抱怨道。
走廊上響起鐘擺時鐘的聲響，告知時刻是傍晚六點。

「……呃，難道這是一起離奇又麻煩的事件？」
犯人、手法、動機都不清楚。
說起來，我們頂多只能以消去法導出「這是某人犯下的罪行」這個毫無根據的假設而已。
即使假設這是一起意外，我也不知道沙穗是在什麼情況下「摔落在樓頂上」。
「喂。」
如果她是自殺，除了她是如何製造出這種情況之外，還得加上她「為什麼」要選擇這種方式。這些都沒有答案。
「如果是某個人動手傷害她……又是誰把沙穗找出去的呢……」
「喂！」
「咦？」
我一抬頭就看見老師臉上由衷厭惡的表情。
啊，這個就是正牌的「好麻煩啊」的表情。
「雲雀，妳該不會想要介入這件事、解開這個謎團吧？」
被說中了。
應該說，聽他這麼說我才注意到。
我不知道什麼時候已經一頭栽進這個謎團裡，決心挑戰了。

「哎呀呀，壞習慣又出現了，妳對推理小說的熱愛也是令人頭痛的問題。只要一遇上不可思議的事件就會立刻栽進去，沒有瞻前顧後就插手管事！像妳這麼單純的咖啡豆女，怎麼可能懂推理？所謂的推理，是要抱持不懷好意、凡事質疑的態度觀察眼前廣大的世界。連斜著看這個世界都不會的妳，怎麼可能辦到。」

「你、你這話是什麼意思！我只是擔心朋友……話說回來！老師自己還不是經常煽動我、讓我做出不合理的推理，還以此為樂嗎！」

「那是我在空閒時的休閒活動，又不會怎麼樣，可是我現在要忙著寫作。因為妳阻止我剖開熊標本，我只得另外想想其他詭計了。另外，妳的辮子髮型，今天也像是門可羅雀的神社注連繩*註7一樣，一點女人味也沒有！」

「為什麼扯到我的辮子！」

他似乎還糾結於熊的事情。

「沒辦法，我只好教妳一招空前絕後的解決方法。妳聽完，只要一眨眼就能解決這種連『事件』都稱不上的小事了。」

老師說得堅決肯定，然後倏地靠近我。

*註7　注連繩是神社屋簷或鳥居下方用稻草編成、藉以標示結界的繩子。

太近了太近了太近了！

我的上半身不自覺往後仰，抬頭看向他。

他整個人的感覺似乎與剛才不同。

「雲雀。」

「是、是的！」

「對付實際發生的事件，最聰明的解決方法是什麼，妳知道嗎？」

「就是……名偵探根據少量線索直接找出真正的犯人……」

他慢條斯理地搖頭，眼裡充滿大無畏的自信。

「就是直接問被害人誰是犯人。」

他居然一本正經地這麼說。

我好一會兒張著嘴忘了閉上，當場說不出話來。

「這、這一招太狡猾了！也有可能一無所獲啊！」

「被害人往往在現場看著事件發生，所以這是最好的方法。在多數場合能夠活下來的被害人，多半都知道犯人是誰。這樣做，既能夠保住被害人的性命，又能夠以最快的速度逮捕犯人，豈不是兩全其美？當然這如果發生在偵探小說裡，肯定是無聊至極的作品。好了，這下子妳沒有必要煩惱了，乖乖等著那位學生恢復意識，就去問她本人事件真相吧。」

「哪有這樣的！」

「好了，一直說話，我又口渴了。雲雀，幫我續一杯咖啡來。」

老師揮著空杯子，絲毫不在乎我心裡的感受。

「關我什麼事！老師請你自己去煮！」

「唔，真囂張。好，既然這樣就用這個一決勝負吧。」

說完，老師不理會我的抱怨就朝我伸出手。

需要做決定的時候，老師經常提議用這種方式解決。我也已經頗有心得了，所以毫不猶豫地配合他。

「……一次定輸贏喔。」

「當然。」

下一秒。

「剪刀石頭——」

「布！」

我出剪刀。這是我使盡渾身力量比出的剪刀，所以形狀也不差。

但是——

「啊哈哈！我贏了。」

老師出的是——看不出來是什麼東西。

「老師……這是什麼？」

「狐狸。」

他發出狐狸的叫聲，然後用狐狸手勢捏住我的鼻子。

「噗啊？走開！不要捏！哪來的狐狸！剪刀石頭布為什麼會出現狐狸！」

「狐狸會矇騙人心，使人無法正常判斷，所以被騙的妳輸了。好了，快去幫我煮咖啡吧。煮好後就快點回家去。」

「氣死我了！好啦！」

其實一點也不好。老師的話裡有十成是狡辯、兩成是隨口胡說，共計十二成，我卻沒有精力反駁。

我再度回到廚房。

煮著第二杯咖啡，我想著沙穗、想著天神。

那個X是愛克斯，還是懲罰呢？

如果是懲罰，意思是天譴嗎？

為什麼沙穗必須受罰呢？

看樣子天神似乎不喜歡「過度接近自己的人」。既然連神話裡都提到了天神怕生，看樣子這點果然不容小覷。

自家屋簷下如果遭其他人擅自占用，無須是天神也會生氣，可是，這麼說來還是不合理啊。天神啊，想要接近天空的人類，自有他們靠近天空的原因，不是嗎？

就是那些不為人知、真切又透明的原因。

第二章　別亂甩辮子

——聽說雨村沙穗是自殺未遂。

隔天，學校裡傳遍了沙穗是自殺的消息。

一早進教室聽到同學這麼告訴我，讓我感到不知所措。

為什麼會這樣？我明明昨天才跟老師說了沒有自殺的可能啊。

「聽說雨村同學一直遭到霸凌。」

聽到這些話之後，我更加不知所措，胸口一陣緊揪的痛。

據說因為沙穗是資優生，因此一直受到部分團體的霸凌。

有時甚至是直接施暴。

我毫不知情。

有幾件事情現在想來的確有些奇怪；我也曾經看到她手臂上有新的傷痕，但不管我怎麼問，她只會說：「沒事。」

沙穗努力隱藏，不讓旁人發現。

「所以她才會痛苦到選擇自殺……」

「不可能！」

我還沒有來得及反駁同學的發言，桃花已經先開口否定。

「沙穗不是那麼軟弱的人……」

我趁著休息時間向桃花打聽霸凌的事。

「沒錯，我一直都知道。」

不出我所料，桃花早就知道沙穗遭到霸凌的事，而且之前也曾多次保護沙穗。

但是據說沙穗不曾主動向桃花求助。

「她那個人很成熟，卻在奇怪的地方異常固執。」

據說，沙穗表示自己總會有辦法化解、必須靠自己的力量解決才行。

「那個笨蛋明明還說很期待明尾祭。」

桃花喃喃這麼說。

沙穗在明尾祭之前都無法出院吧。

她似乎尚未恢復意識。

桃花大概是藉由明尾祭執行委員的工作，掩飾她的怒火和焦躁。我有點擔心她，於是決定在當天放學後也幫忙她的工作。
桌子、椅子、紙箱、文件、木材、樂器、服裝，還有用途不明的神祕庫存物。
從那邊搬到這邊。
從這邊搬到那邊。
我像個小妹一樣，努力搬移各式各樣的物品。
不過我不是什麼大力士，所以自覺沒能夠幫上什麼忙。
「一個人搬很重吧？」
桃花幫我把各班級準備開店所製造出來的垃圾拿去焚化爐。
她抱著許多垃圾往前走，令人不禁想問——這麼嬌小的身體，究竟哪來這麼大的力氣？
我非但沒有幫上忙，反而還讓她出手相助。
我突然想起尚未完成的美術社作業。現在不是做這些事情的時候吧？我終於開始感到不安。
忙著做準備的各間教室裡傳來悲喜交集的聲音；有人打翻油漆、有人被鐵鎚敲到手、有人趁亂向心儀的女孩表白。真是怎麼看也看不膩。
各班開的店舖也應有盡有，包括跳蚤市場、手工餅乾店等。
「哇！小桃妳看！這一班的教室裡擺著汽車方向盤耶！是要賣的嗎？這裡有輪胎！啊，還有引擎。」

「這根本就是把一整輛車拆了拿來賣吧！身為執行委員絕對不允許這種行為！」

「這一班好像是在教室地板上開了一個洞，製造一個能夠掉到一樓的陷阱。這樣做有什麼意義嗎？」

「根本不是那個問題吧！」

我也發現自己抓錯重點，不過由此可見所有人都很用心在準備明尾祭。

順便補充一點，我們班打算開的是日式咖啡館。

「咖啡館是不錯，不過……『妖怪爵士咖啡館』是什麼情況？」

桃花蹙眉嘆息。

「就是妖怪經營的爵士咖啡館。」

「嗯，用不著妳說我也知道。」

因為班上同學意見分成兩派，開鬼屋和開咖啡館各有支持者，於是採取折衷方案，決定開妖怪爵士咖啡館。

『妖怪精神飽滿招呼客人！妖怪咖啡好喝到令人怨恨！一喝下肚立刻就會成佛！』

這個目標促使我們全班團結在一起。

「不覺得怪嗎？」

「也是啦，的確很怪，妖怪才不會成佛呢。」

「妳說的那一點也很怪沒錯，但我指的不是那個。」
「對了，小桃是扮哪個妖怪？」
「……毛倡妓。」
毛倡妓是長髮曳地的女妖怪。
在江戶浮世繪師鳥山石燕的《今昔畫圖續百鬼》解說中提到，毛倡妓的背影看似認識的女子，但當你跑上前看到臉，才會發現對方臉上全被長髮覆蓋。
「連聽都沒聽過！不是還有獨眼小鬼或長頸妖怪這些更為人所知的妖怪嗎？」
「不過我喜歡毛倡妓！江戶浮世繪師歌川豐國曾經創作以毛倡妓為主題的愛情故事——」
「妳還真了解啊……」
「稍微受到朋友的影響了。」
我們聊著天走下一樓，來到一樓卻只能呆立在原地。
走廊地上鋪著數張紙擋住了我們的去路。
一名男學生拿筆在那些紙上寫字。
「喂，哥，你在做什麼？」
聽到桃花僵硬的語氣，那名學生停下手上的工作抬起頭。他的輪廓相當深邃。
「喔喔，這不是妹妹嗎？問我在做什麼，應該是正在和妳打招呼吧。」

這麼說來，我想起桃花提過自己有個哥哥。看樣子眼前這個人就是她所說的那位哥哥了。

「我是犬飼十郎，謝謝妳總是照顧我妹妹。她長得這麼嬌小，要發現她很困難吧？」

「不會不會。我有時反而會很想緊緊抱住小桃，就像抱貓咪一樣，可是又怕被抓，所以一直忍著。」

「雲雀，妳對我居然有那種衝動！」

糟糕！我一時失言了。

「話說回來，十郎學長，你在忙什麼？」

「我正在認真完成自己的工作。」

說完，他拿起剛寫好的紙給我們看。

上面以強有力的粗體字寫著：

『請各位同學別太高興玩過頭了！』

「每年都有人太興奮，弄壞桌椅、窗戶的玻璃等學校公物。不，弄壞公物還算小事，有人受傷可就不好玩了。所以我才需要像這樣在校內各處張貼海報，發揮提醒作用。這是我這個風紀委員長的工作！」

最後一句話說得格外大聲。桃花擺出明顯不耐煩的態度，對哥哥怒罵說：

「解釋太久了！要解釋的話別超過五個字啊笨哥哥！」

五個字也太少了吧——我心想。

「這麼說來，哥哥從以前就唯獨一雙手很靈巧，經常製作海報或紙圈彩帶。但是，我管你是風紀委員長還是空氣委員長，你擋到我的路了啦！別堵住走廊！靠旁邊一點！要像諸侯出巡時跪在路邊的小老百姓一樣！」

「妳說什麼！可惡的妹妹！妹妹！妳這是逼我使出妳最討厭的摸摸攻擊嗎！」

然後兩兄妹突然就這樣打了起來。我花了五分鐘才總算平息紛爭。

「話、話說回來——」

遭妹妹施以一記過肩摔擺平的十郎學長，拍拍制服灰塵佯裝若無其事地說道。

「妳就是傳說中那位發現沙穗並救了她的辮子女孩嗎？」

「算不上是我救的，我只是第一個發現她而已。學長認識沙穗嗎？」

「當然。她從小就經常來我們家和桃花一塊兒玩耍，我當時也加入她們一起玩。我們曾經偷偷潛入父親工作的地方，擅自調配火藥，或是搭乘自己做的竹筏順著隅田川往下漂流而差點溺斃。我們之間充滿諸如此類的有趣回憶呢。」

大概是聽到哥哥的話，想起許多往事吧，桃花露出一臉疲憊不堪的表情。看樣子覺得有趣的人應該只有十郎學長。

「話說回來，傳說中的辮子女孩是怎麼回事？」

「怎麼？妳不知道嗎？校內報紙大大寫著：『辮子女孩立下大功！救了女學生！』」

什麼時候發生這種事？老師們才交待別張揚沙穗的事情，現在讀完報紙後一定會抱頭苦惱吧。雖說即使沒有報紙報導，這件事也早已傳遍校內了。

「我的特徵只有辮子嗎……」

「沒那回事。雲雀還有那顆愛哭痣啊，那是好女人的象徵喔。不過如果妳明天來上學時，辮子一個不小心散掉的話，我可能就沒辦法在教室裡找到妳了。」

這話好過分。辮子哪有那麼容易散掉啊。

「無論如何，謝謝妳救了沙穗！幸好沒有演變成最壞的情況。這次的事情……我也很擔心，也覺得不甘心。」

他說到一半時聲調慢慢降低。他的不甘心果然與霸凌有關嗎？

「十郎，你給我的海報全貼好了。」

此時五十嵐學長現身。

「五十嵐學長也在幫忙嗎？」

「是啊，身為執行委員，我也必須減少明尾祭舉行時可能發生的意外。」

我單純地感到佩服——執行委員真的是大小事都要做呢。

「請問——」

「怎麼了？」

我指著五十嵐學長的手。

「我昨天就很好奇，學長的手受傷了嗎？」

他的左手纏著幾圈繃帶。

「嗯，搬桌椅的時候弄傷了。因為執行委員有時也要幫忙各種工作。」

的確，如今我也十分能夠認同這一點。

「如果我們的努力能夠避免有人受傷的話，這些付出就不算什麼。再說，愛克斯很可能趁著明尾祭舉行時有所行動。不對，他一定會有所行動，我無論如何都想要阻止他。」

「我也會盡量幫忙。」十郎學長也說。

「當天的巡邏工作就交給我們風紀委員吧！愛克斯這個傢伙很狡猾，他總能夠躲過我們的防備，在校內各處發表聲明。悠馬說得沒錯，明尾祭舉行時，我們也不能鬆懈。」

是的，明尾祭從明天起就正式登場了。

為了明尾祭前的最後衝刺，這天有許多學生直到太陽下山仍留在學校裡全心準備。

我也帶頭留下來準備，不過學校宣布非住校生的女學生必須盡早回家，我只好提早離開。

柚方在樓梯口揮手目送我。她住在校內的學生宿舍，所以似乎仍打算留在教室裡。

我也從遠處揮手回應她，大喊著：

「小～柚，妳不覺得看到御茶水車站的站名會口渴嗎？」

「妳需要挑現在問這種問題嗎？」

出了校門後，我就老老實實回家去了嗎？當然不是。

我今天也按慣例走向老師家。

途中看到許多人一個挨著一個走在路上，他們戴著安全帽、舉著大旗。這些人是抗議《新安保條約》*註8通過的學生們。

我不了解政治，不過那群人懷抱我難以想像的熱情發表主張、參與活動，偶而也摻雜些內容危險的竊竊私語。我膽顫心驚，擔心到時候會不會有人死掉。

我無法想像模仿這些人在校內活躍的愛克斯，將再度掀起什麼樣過度激烈的行動。如果是這樣，沙穗因為某些原因而遇到這種遭遇，感覺也就合理了。

我搖頭甩掉自己的這種想法。老師說得沒錯，凡事都愛胡亂推理是我的壞習慣。

「老～師！我今天也來了。你有沒有因為營養失調，變得像魚乾一樣乾扁啊？」

*註8　即一九六〇年簽訂的《美日安保條約》，用以取代一九五一年的舊安保條約，造成的反抗動亂稱「安保鬥爭」或稱「安保騷動」。

一到老師家，我猛力打開書房門，就見到一個男人的背影。那個人不是久堂老師。

「哎呀，妳還是一樣很有精神呢。」

對方以有些沙啞、類似呢喃的聲音說道。

亂糟糟的頭髮加上圓框眼鏡，身上穿著露出胸膛的藍色和服。

「枯島先生，你來啦！」

正好被他看到我丟臉的樣子了！

我連忙摸摸頭髮和裙子，端正站好。

這位外表看來溫和、充滿出世隱居氛圍的男子，名叫枯島宗達，在神田神保町經營「穀雨堂」舊書店，是一名事業有成的老闆。

他與久堂老師從大學時代就認識，是學長和學弟的關係。

他這個人沉著穩重，誠如外表所見，對我說話也很溫柔。我真不明白枯島先生這樣的人為什麼能夠與老師維持長久的友誼。

「枯島先生和老師不同，總是老成持重，只要和你在一起就會覺得心靈平靜，感覺猶如把雙腳泡進河川上游清澄的淺灘裡歇息。」

「哼。這個男人跟大山椒魚一樣捉摸不定，哪裡老成持重了？」

「啊，老師，原來你在家。」

我這才發現老師坐在平常工作的椅子上看書。

「擅自闖入別人家裡是這種態度嗎？」

「比起這個，大山椒魚是什麼形容啊？枯島先生長得一點也不像大山椒魚啊。」

我這樣反駁老師的比喻，不過枯島先生本人似乎一點也不在意。

「學長的意思大概是說我漂泊不定、安靜度日吧。」

他居然還認同了。

「嘿，妳看，就是這樣。沒有人知道這傢伙平常在想什麼，他的生活圈也充滿謎團，就像是舊書街的大山椒魚。」

「那麼，他應該把書店名稱改成『半裂大明神』吧？」

半裂是大山椒魚的別稱。有一種說法是牠裂成兩半也不會死，因此稱為半裂，不過關於這一點眾說紛紜。

這種神祕生物也伴隨著許多傳說，自古以來一直流傳著在岡山縣龍頭淵這個地方，棲息著稱為半裂大明神的巨型大山椒魚，身長甚至可達十公尺。

「我應該沒說錯吧？」

「嗯。說得好，小雀。」

「嘿嘿。這些都是從枯島先生那兒現學現賣的。」

枯島先生自父親手上繼承穀雨堂之前，曾經矢志成為民俗學家。當時他經常前往日本各地進行田野調查，當然也十分熟悉民間傳說、土著信仰和妖怪。

我會對妖怪異常了解，事實上也是受到枯島先生的影響。

「對了，枯島先生今天為什麼來訪？」

「我送學長委託的資料書籍過來。」

看來老師從剛才在閱讀的就是那本資料書。

「啊，真的耶，我不曾在這間屋子裡見過那本書。」

「小雀真厲害，妳對這屋子裡的所有藏書一清二楚。」

「嘿嘿！」

我幾乎每天都來這裡看書，因此的確大致上已經記住這裡有哪些書了。

「不過也不能說是全都記得。」

「我之前就說過了，真希望妳快點到我家店裡來幫忙。」

說完，枯島先生執起我的手對我微笑。

「你說到你家——」

我滿臉通紅連忙抽回手。

「不……不不不不不可以！我……我怎麼可以這樣就嫁到你家呢！」

不行不行、不可以！——我猛力搖頭。

「我還沒有見過成排的鬼火，而且白無垢*註9跟我一定不搭，再說我也沒有準備嫁妝以及其他形形色色的物品……更重要的是！我、我有老師……不對不對不對！剛剛那句話當我沒說！沒事！那只是被狐狸附身的女孩子亂講話！」

「呃……小雀，我並沒有要妳嫁給我……」

「只是亂說的、亂說、莫名其妙的話！是假的、夢話、虛構的！是荒誕無稽的奇談怪論！是不需要聽進耳裡的胡說八道！」

「妳一個人在自言自語些什麼啊？夠了！別亂甩辮子！」

聽到久堂老師這麼說，我才回過神來。老師正以難以形容的冰冷眼神看著我。別用那種眼神看我啦！

「啊，對了！我過來這裡也是有東西要拿給老師。」

我強行轉移話題，打開書包，從裡頭拿出手冊。

「妳恢復得真迅速。」

枯島先生再度稱讚我。

*註9　日本神道教的婚禮儀式中新娘穿的純白和服。

「來，老師，這是明尾祭的導覽手冊。枯島先生也請收下，我原本打算待會兒要送到你店裡去，正好你人就在這裡。」

我畢恭畢敬地把導覽手冊交給他們兩人。

「謝謝。就是明天了呢。」

「大家都十分有幹勁喔。」

就在我和枯島先生閒聊時，老師以異常飛快的速度翻閱導覽手冊。

無論內容是什麼，只要拿到書本形式的東西，這個人總是這個樣子。

「順便介紹一下值得一看的東西，就是這個名聞遐邇的紀念塔。看，就在這一頁。」

「小雀的學校每年都在學生的主導下製作大型紀念塔呢。」

「是的。做好的紀念塔預定在明尾祭第一天的正午時分豎立在操場上，按照慣例會在明尾祭的最後點火燒掉。」

所有人會圍繞著那個火焰，互相慰勞彼此的辛苦。熊熊燃燒的火焰把校舍和學生的臉染成橘色的這幅景象十分夢幻。

「這麼說來，我聽說去年出過意外？」

對方冷不防地這麼問，我一時間說不出話來。

是的，發生過意外。

去年的明尾祭到了第二天，紀念塔就被強風吹倒，還有人因而受傷。不過我當時不在現場，所以不清楚詳細情況。

紀念塔介紹頁的最後這樣寫著：

『為了避免同樣的意外再度發生，今年我們格外小心謹慎，並且經過不斷測試，最後成功打造出重量輕巧但更加穩固的作品。順帶一提，今年的紀念塔預定在明尾祭當天才會將事先做好的零件組合完成，以完整的狀態搬運到操場上的預定位置。希望各位來賓務必親臨現場一探究竟。紀念塔製作組組長：瀨野敦哉』

「校方有一段時期考慮要廢除紀念塔，但是有人主張製作紀念塔是歷史悠久的傳統，不能就此取消，因此最後決定今年仍要繼續製作。」

「設計的樣式直到揭幕當天之前都沒有公開，是嗎？」

「是的，完全保密到家，只有製作組的學生和部分老師知道而已。」

據傳他們今年打造的紀念塔比去年的更壯觀。

去年的紀念塔也有七、八公尺高。有人說，從第一屆明尾祭開辦以來，紀念塔一年比一年更高大，這也許並非只是謠傳。

「所以，枯島先生明天能來嗎？」

「這個嘛，我明天必須整理庫存才行。」

「這樣啊……真可惜。」

經營舊書店似乎也不輕鬆。

「不好意思，第二天我會盡量想辦法出席。」

「最近剛好很忙嗎？」

「嗯，有點。我接連這幾天一直工作到半夜。為了避免睡著，所以我聽著廣播節目苦撐。」

不過他一點也看不出想睡覺的樣子。我和枯島先生聊天時總有這種感覺，這個人有些地方就像神仙一樣令人感覺不可思議，好像光吃桃子也能夠活上幾百年。

「我也會聽廣播節目，不過總是不自覺就睡著了。像前天也是在「S盤時間」開始前很快就……」

「這樣啊？那還真是可惜了。」

「怎麼說？」

「因為那天的節目播出時發生了少見的意外。」

「發生意外？」

「似乎是有喜愛節目的瘋狂聽眾闖入播音室，引起一陣騷動。那個人到底是從哪裡闖進去的呢？」

「雲雀。」

我和枯島先生正愉快聊天時，看完導覽手冊的老師一臉不悅地插嘴。

「這是怎麼回事？」

說完，他指著導覽手冊的最後一頁給我看。

「怎麼那麼突然？」

我靠過去確認內容，上頭寫著：

『封面插畫：二年A班　花本雲雀』

「啊！你發現了嗎？老師果然厲害！每個角落都不放過！是的，今年的導覽手冊採用的就是我本人的畫作！」

我信心十足地把導覽手冊的封面秀給他們兩人看。

「效果很棒吧！」

可是，不管我怎麼等待，都沒有出現預期的反應。

「……哇。」

過了一會兒，枯島先生的口中才輕輕發出這道聲音。

「別開玩笑了！這幅畫難以理解到極點又影響觀者的心情！這不就是快要腐爛的豆腐，四周爬滿了噁心扭動的泥土色的手嗎！」

「沒禮貌！這是學校校舍四周圍繞著新綠的林木啦！」

「這是校舍？我還以為是哪個異世界的景象。再說有哪個傻瓜會把天空畫成銘黃色、大地畫成紫色？就算突然遮住三歲小孩的眼睛，叫他畫出湯島聖堂*註10，都會畫得比這個好。」

「唔！……有必要說成這樣嗎？老師你這個笨蛋！」

老師無心的評語聽得我哭喪臉，一腳踹向老師的小腿。

「痛！妳……也踢輕一點啊……」

他弓起身子倒在地上變成ㄟ字形。看到老師這麼痛苦的樣子，我稍微釋懷了。

「他們找上美術社的人繪製封面，我們全體社員都畫了，但最後是我的畫獲選。」

「選妳的畫的人說了什麼？」

「我記得對方說……這種出人意表的作品反而有趣，從受制於常識的角度終究看不到這種風景之類的。」

「夠了……我已經充分了解連選擇的標準都有問題。雲雀，接下來為了平息其他未能獲選社員的怨念，妳最好把自己當尼姑，戒慎恐懼地活下去。」

「漫長的贖罪之旅才剛開始。」

這兩位成年人在這種時候總是莫名地意氣相投。

「既然導覽手冊上的插畫是這副德性，明尾祭當天展示的畫作一定是更不得了的作品吧？」

老師說。

「嗯嗯，畢竟小雀的色彩品味從以前就很獨特……不曉得為什麼在這幅畫裡，彷彿能夠感受到世間的無常。」

枯島先生說。

「你們兩個都好過分！不過，我的畫的確多半在上了顏色之後，就會變得可憐兮兮又令人同情。社團規定要交的畫我雖然已經帶回家畫了，但是還不知道該如何完成。今天晚上大概要熬夜了吧……」

「哼，妳的想法要多點彈性，別死腦筋。妳為什麼要故意把每個角落都抹滿重重的顏色？比方說，說鬼故事時如果說得鉅細靡遺，妳還會感到害怕嗎？有一種想法反而是不要全部說完、留下想像空間會更好。」

我靜靜閉上眼睛，以自己的方式思考老師的這番話，試圖找出老師在話裡隱藏的提示。

「沒錯。像這樣攪動腦漿思考很重要。如何？有任何靈光乍現了嗎？」

「……嗯？」

「啊，看樣子是沒救了。妳露出腦袋一片空白時的表情。」

「先別說這些了，老師！你把導覽手冊仔細閱讀到最後一頁的意思是明天會來吧？」

＊註10　一六九〇年落成的東京孔廟。

「吵死了。不知道。」
「怎麼這樣……」
說完，老師露出對我不感興趣的表情，再次轉向書桌，拿起鋼筆在紙上寫了些什麼，然後交給枯島先生。
「我還需要你幫我找資料，需要的東西都寫在這裡了。」
「學長你真會隨便使喚人。對了，店裡進了泉鏡花的初版書，我下次也一併帶過來吧？」
「就算你必須以性命交換也要帶過來。」
「別要我搏命啊。」
趁著他們兩人開始鬥嘴，我去煮咖啡。我知道他們兩個一開始這類話題就會聊個沒完。
我站在廚房裡很快地準備好咖啡豆。枯島先生喜歡酸味較不明顯的咖啡，因此要另外準備與老師不同的咖啡豆。研磨咖啡豆的方式、注入熱水的速度等都必須配合他們的喜好稍做調整。
「所以啊，那個時候學長想也不想就把送上來的東西放進嘴裡——」
「沒有實際試過味道的話，怎麼收集資料？」
過了一會兒，我端著擺有咖啡杯的托盤回到書房裡，不出所料，他們還在聊。
「咖啡好了。」
我將兩個杯子分別遞給他們。

「嗯。」老師動作僵硬地接過咖啡。看到他的反應，我忍不住得意地微笑。這個表情表示我送上咖啡的時機剛剛好，不對，應該說是最棒的時機。

「你們在聊什麼？似乎聊得很起勁。」

「聊大學時代的事，我和學長一起去岩手縣深山裡一處農村時的事情。那裡有一個每十二年才會舉辦一次的夢幻祭典。」

「宗達突然說想要去看看那個活動並收集資料。我們什麼也沒準備，在黎明之前就匆匆離開宿舍。那趟旅行真的十分克難。」

「學長你自己還不是覺得也許可以用在小說裡，所以也很起勁嗎？當時的體驗後來不也實際寫成了作品？」

東邊如果有詭異的靈媒，就要前去一探真偽；西邊如果有不可思議的傳說，就要前去調查它的由來。

這兩位當時似乎老是在做這樣子的事情。

「讓我們留宿的房子主人，招待我們許多在地料理，不過老實說其中有些食物不是我們這種城市土包子能夠接受的。」

「……也就是說？」

「小雀，妳喜歡昆蟲嗎？」

「啊，夠了，我不想知道細節。」
「學長當時什麼也沒想就大口吃下去，結果後果不堪設想……」
「吃壞肚子了嗎？」
「如果是那樣倒還好。」
枯島先生不曉得為什麼含糊其詞。究竟發生過什麼事？我太害怕了，甚至不願意想像。
「總之，那塊土地是不可思議的地方，那座村莊的居民與妖怪『共生』，因而產生強烈的信仰，甚至影響了人們的行動。」
我不清楚詳情，不過已經充分了解他們當時的遭遇十分可怕。
「影響人們的行動……意思是不再擁有自我了嗎？」
「差不多。真正的自己、真正的自我變得模糊，但這與幽靈或靈魂沒有太大的差別，因此很難定義。妳知道有一種說法叫做『中邪』吧？意思是自己不像自己、做出錯誤的行為。如果這種行為過了頭，難道我們不會懷疑這個人是遭到『其他東西』控制嗎？」
中邪。
這裡所謂的「邪」是什麼呢？
鬼嗎？蛇嗎？
不曉得為什麼我由這個詞想起倒在地上的沙穗。

她摔落樓頂上四濺的鮮血、脫落的室內鞋。

我不知道自己為什麼想起這些事，只覺得似乎有什麼關聯。

她在那種時間前往樓頂的原因。

在明尾祭之前的這段時期。

身為資優生的她悄悄前往那兒的理由。

中邪──

好幾顆串珠四散在各處，然而只要能夠把它們組合在一塊兒，應該就能夠看見當天的真相。

而我卻還沒有注意到這點。

我是這麼覺得。

「喂，妳又在想樓頂那件事了嗎？別插手管閒事，那件事情會變得很麻煩。」

「可是……我好像想到了什麼。是什麼呢……」

「……哼，真拿妳沒辦法。」

原本一直在抱怨的老師，突然不再說話，定睛凝視著我。

「怎麼了？」

「妳這個冒失的門外漢偵探別再推理了，快去拿抹布過來，而且要弄濕。」

「抹布嗎？」

「看，咖啡打翻在茶几上了。」
「咖啡打翻……那是老師你弄的吧。」
「我哪知道，打翻是昨天晚上的事，我不記得了。」
「你根本就還記得。啊啊，果然！咖啡乾掉黏在桌面上了！可惡，你早點說的話，我昨天就可以清理乾淨。」
「所以我才叫妳拿濕抹布過來啊。」
「氣死我了。」
我嘆氣後，再度前往廚房。原本快要成形的想法早已煙消雲散。

*

明尾祭當天，校園內從一早開始就顯得兵荒馬亂。
一般來賓將從八點五十分起入場，因此各班級、社團都在自己的攤位上進行最後確認。
我們班差不多全班都已經換上妖怪服裝了。
看向那邊是妖怪，看向這邊也是妖怪。大概就是這種感覺。
我也早早換上服裝，坐在教室角落，等待明尾祭開幕。

我的頭頂裝著貓耳朵，腰上裝著兩條尾巴，同學還拿墨水在我的左右臉頰各畫上三根鬍鬚。

「小雀，妳真適合貓妖的造型。」

「謝、謝謝。」

換好衣服來到我身邊的柚方稱讚我。我好難為情。

「小柚也很適合這身造型，好美。」

「謝謝。換裝很辛苦就是了。」

柚方說完，嘻嘻哈哈地笑著。

她扮的妖怪是倩兮女＊註11，看樣子她已經入戲了。

「我不笑的話，就不知道我是哪一種妖怪了。嘿嘿。」

柚方這樣笑也很可愛。真是不甘心。

「對了，小桃不在耶。」

我剛才環視教室時就沒有看到她。

「她不久之前走出教室了，還拖著一頭垂及地面的超長頭髮。」

我悄悄看向時鐘，距離開幕還有好一段時間。

「我也去外面逛一下。」

我倏地離座起身，走出教室。她應該就在那個地方。

「躡手躡腳地靠近，妳還真像貓啊。」

桃花悶悶不樂低著頭，站在通往樓頂的門前。

「妳在想沙穗嗎？」

她披著長度非比尋常的假髮、站在昏暗樓梯上的那副模樣十分詭異。真不愧是毛倡妓。

她沒有回答我的問題，在樓梯上坐下。

「妳自己看。」

門上貼著「禁止進入」的標示。老師們大概是因為沙穗的事情封鎖了樓頂。

那兒仍留著沙穗的血跡嗎？

「她最近經常腫著雙眼。」

桃花像是在自言自語。大概是自己說的這句話起了頭，她又繼續往下說：

「似乎是有什麼煩惱所以幾乎沒有睡覺。現在想想，我認為恐怕不只是遭到霸凌的緣故。」

「沙穗還有其他煩惱嗎……？」

「我問妳，雲雀，妳說過妳有個朋友是作家，對嗎？」

＊註11　倩兮女又稱笑女，取自「巧笑倩兮」之意，總是在嘻嘻哈哈笑個不停的妖怪。

冷不防被她這麼一問，我不免慌張了起來。

「有、有是有，不過……我不知道該說老師他是作家……還是喜歡咖啡的怪人……」

「作家寫作時都在想些什麼呢？」

她沒理會我的驚慌失措，繼續說：

「沙穗有一次曾經說過作家很了不起。她說，自己想要把想法化為文字時，想法就會像霧一樣散去。她還說，不管在學校課業上多麼努力，還是無法順利寫出自己的想法。」

桃花說到這裡沉默不語，所以我只能整理自己的尾巴毛。

此時，背後傳來幾名男學生說話的聲音。

「喂！別擠啦！」

「你那邊有拿好吧？」

「別弄掉了！」

只見男孩子們正搬著木材和紙箱走在四樓的走廊上。

「這麼大的東西為什麼要選在四樓製作？規劃的人根本沒算到今天還得把這些東西搬下一樓吧？」

「有什麼辦法，為了避免被其他學生看到，只有這裡有空間了啊！」

他們似乎在爭執。我好奇地和桃花一起走下樓梯。

「氣死人了！戲劇化的登場沒辦法實現，人手又不夠，還要被踩、被踢。」

看似首領的男子頻頻抱怨。

戲劇化的登場？

「發生什麼事了嗎？」

「啊……沒事。我們擋住去路，真是抱歉。雖然不能大聲張揚，不過這些是紀念塔的零件，我們得盡快趕在一般來賓進入校園之前搬到外面去。好了，大家動作快！」

聽起來他們似乎是紀念塔製作小組。

當天才會將事先做好的零件組合完成——我想起導覽手冊裡這麼寫著。

那群人已經彼此聊著天，各自抱著物品走下樓梯去了。從搬運過程的辛苦不難看出今年的紀念塔有多龐大、多講究。

「對方行動了！混蛋！」

正當我們跟著製作小組走下樓梯，要回到位在二樓的教室時，就聽到有人突然這麼說。聲音來自一樓。

聽到突如其來的怒罵聲，我們好奇是怎麼回事，小跑步奔下樓梯一看，就見到樓梯口附近聚集了一小群人。

「對方果然打算整我們嗎！」

說這句話的是站在人群中央的五十嵐學長。

「出了什麼事？」

桃花施展天生神力撥開人群進入中央，詢問五十嵐學長。

「愛克斯出現了。」他說完，以下顎直指視線前方。

鞋櫃前面有一面全校最大的公布欄，現在上面垂掛著一塊大布。

布上以紅色字跡寫著：

『我將代表全體學生，以鐵鎚摧毀空有形式的明尾祭。各位今天就在鐘樓底下聆聽肅清的信號砲聲響起吧。』

字跡寫得很潦草，因此內容有些難以辨識，不過我還是想辦法看懂了。

「什麼時候冒出這東西……」

「視線才離開一會兒，對方就動手了！」

「什麼叫代表全體學生！根本沒有人拜託他吧！」

面對這項聲明，在場的男孩子們各個罵聲不斷。

「喂！在這邊吵鬧也無濟於事！已經到了明尾祭的開幕時間，各位快點回教室去吧！」

十郎學長現身現場，開始快速驅散人潮，然後立刻強行拆下公布欄上的掛布，撕成兩半後揉成一團。

「掛出這種東西，這桀驁不馴的傢伙擺明了要宣戰吧！」

「十郎。」

「嗯，內容既然提到鐘樓底下，我等風紀委員一定會徹底封鎖該處，不讓他靠近！」

學長們熱烈交換著意見，離開現場。

愛克斯，那個也許傷害了沙穗的人，這次也打算擾亂明尾祭。

想著想著，我愈來愈惱火。我帶著滿腔怒火走上樓梯。

此時，宣布八點五十分已到的鐘聲響起。

明尾祭，開始了。

這是不可能存在於這個世界上的景象。

從天花板垂下的無數火焰，不是人類的靈魂，而是古戰場的戰火，代表我們是出現在戰場上的可憐怨靈。

我們將原本安和樂利的校慶活動比喻成戰場。

扮成妖怪的同學們在教室裡四處遊走。

包括臉上和手腳畫著無數隻眼睛的百百目鬼。

毫無意義威脅正要離開的客人的嗚汪*註12。

柚方也像發病似地定期發笑，演出絕佳的倩兮女。這個角色最難的地方就是沒有什麼好笑的時候也非笑不可，相當辛苦。

不過，還是比從明尾祭開幕時就持續垂掛在天花板上、扮演天井下*註13的男同學好多了。沒弄清楚狀況就闖進來的客人，多半是一臉上當的表情左顧右盼。他們走進來的原意是小歇一下，沒想到一進來卻看見一片異界風景，因此出現這樣的反應也是理所當然。

換個角度來說，這也代表妖怪爵士咖啡館頗為成功。

但是，我不清楚在這樣的教室裡小聲播放爵士樂究竟有多少意義。

「歡迎光臨！這邊請！」

「呀啊！是貓妖！」

我領著剛進來的兩位主婦到座位上，並遞上菜單。

她們兩位看著菜單時，都發出「哎呀」、「欸」的聲音，臉上露出複雜的表情。

・行燈油咖啡（貓妖奮勇向前衝）

・酒吞童子紅茶（無酒精）

・魍魎挖出來的長崎蛋糕（魍魎表示：沒有壞掉）

・窮奇羊羹（窮奇表示：用心切成小塊）＊註14

主要的菜單寫成這樣，也不難理解她們會有這種反應。

「名稱很奇怪，不過我可以保證味道沒有問題。」

事實上怪的只是名稱，食物的味道倒是很普通。

咖啡用的也只是即溶咖啡而已。雖然終於開放進口的即溶咖啡十分昂貴＊註15，但我們不可能在教室裡替每位客人準備咖啡豆。多虧有我父親的幫忙，我們才能夠以較便宜的價格採購到即溶咖啡。

正在忙碌時，又有新的客人進來。

其實我原本以為會閒到發慌，沒想到妖怪爵士咖啡館出人意表地大受歡迎。

「不愧是家裡開咖啡館的，有花本同學幫忙接待客人就用不著擔心了！」

＊註12　嗚汪是會大聲發出「嗚汪」聲嚇人的妖怪。

＊註13　天井下是躲在屋頂暗處生活、喜歡惡作劇的妖怪。

＊註14　行燈為一種手提燈籠，以前的燈油多使用魚油，故有貓妖喜歡舔行燈油的傳說；酒吞童子為日本三大惡妖怪之一，喜好飲酒；窮奇外型似老虎，有一對翅膀，會吃人的妖怪。

＊註15　日本於一九五〇年代起開放即溶咖啡進口。

班上同學這樣稱讚我，但負責接待客人的我，心情卻一點也好不起來。

或許是因為愛克斯的危險聲明吧？

不對，我自己知道答案。

在醫院病床上尚未恢復意識的沙穗遭遇到的事情，在我的心頭上留下了陰影。

「中午會更加忙碌，妳趁現在先去休息吧。」

「好的。」

我覺得自己必須轉換心情，於是接受對方的好意，離開教室。

在洗手間裡，我順便再次審視自己在鏡子裡的模樣。

這打扮也不算差嘛，大概。

老師看到後會說什麼呢？會不會稱讚一番？

不對。

他應該會說：

「啊哈哈！這是貓？我還以為是想要變成人類卻失敗的狸貓！」

我嘆了一口氣來到走廊上。時鐘顯示已經超過十點，校園裡人山人海，其中有許多與我年齡相仿的陌生臉孔，多半是其他學校的學生吧。

在人群當中，我注意到一位少女從對面走來。她的年紀看來大約是國中生，遠遠看見她穿著花朵圖案的裙子和白色毛衣，模樣十分可愛。

但是她的臉上留下看來很痛的傷痕，從左臉頰到耳朵，傷痕面積算不上是小。說起來我會注意到她，就是因為那道傷痕。

與她擦肩而過之後，我心情複雜地望著半空中，猶豫著該不該回頭看她。

休息時間還沒結束，不過我覺得打扮成貓妖四處走動有點丟臉，所以決定先回教室一趟。

我原本打算先換下衣服再四處逛逛。不過這麼一來同學們大概會抱怨無法幫妖怪爵士咖啡館宣傳，所以還是作罷。

可是穿著這身裝扮在校園裡走動，八成只會成為其他開鬼屋的班級的宣傳吧。

回到教室前面一看，人潮變得比剛才更多了。

除了其他班級的學生之外，也有校外人士。若要說這群人的共通之處，就是全都是女性。

「那個人是誰？」

「看啊！魑魅魍魎都跟著他！」

我只聽見許多女性興奮的交談聲。

「不好意思，借過一下。」我撥開人群進入教室一看，只見一名男士一副自命不凡的模樣坐在靠窗的桌前，扮演天井下的男同學在他旁邊頻頻解釋。

「所、所以說，名稱雖然寫這樣，不過味道應該不會有任何問題……」

「我有意見的不是名稱，哪管你們是『油赤子每夜舔的咖啡』還是『擠件的奶得到的牛奶』都好*註16。我問的是，這家咖啡館能否端出連味道也模仿了的贗品咖啡。把負責煮咖啡的人給我找來。」

男人冷冷這樣說道。他的說話速度沒有特別快，聲音也沒有特別大聲，卻不曉得為什麼沒有半個人敢插嘴。教室裡所有人都站得遠遠看著男人，彷彿在看危險的未爆彈。

看來他還強迫裝扮成天井下的男同學降落到地面上。不難想像他一定是說：「待在比客人還高的位置看著客人，這成何體統？」真過分，天井下沒有掛在天花板上的話，就只是個上半身赤裸的血紅色壞人了。

我忍不住頹喪抱頭。

那個毫不留情的男人終於注意到我，愉快地揚起嘴角：

「哎呀，妳明明在啊這隻臭貓妖。喂，我久堂蓮真為了妳大駕光臨囉。」

什麼為了我大駕光臨啊，老師。

「快點煮咖啡來。」

「我不要。」

「放開我——！喵——！」

後來我像隻貓一樣，被老師拎著領子帶出教室去。不對，我現在是貓妖。不過話雖如此！全班同學都在看啊！

嗚嗚！我難為情到臉上都快要冒出鬼火了！

我自豪的辮子髮型也因為太丟臉，像蝸牛一樣蜷縮在一起。

「別吵，我都特地為妳來了，妳卻不讓我喝咖啡，真是沒規矩的貓。妳就帶我參觀校園當作賠罪吧。」

「你那樣引人注意之後，我要怎麼煮咖啡！如果你早點告訴我要來，我也會有心理準備等著……你昨天不是說了不來嗎？」

「我沒有說不來，我只是說明天的事情還不知道。」

從老師手裡逃開的我，大步走在走廊上，不理會在身後抱怨的老師。

「今天早上沒時間喝咖啡，所以我現在非常想要喝咖啡，這樣該怎麼辦？踩妳的尾巴喔。」

自私鬼！

「好啦，我會帶你參觀校園，請跟好！」

「話說回來，那個愛克斯什麼的出現了嗎？趁著我在這裡的時候，如果有些小麻煩來娛樂我

＊註16　油赤子是喜歡舔燈油的妖怪，件則是人臉牛身的妖怪。

就好了。」

這個人又講這種幼稚的話了。

「愛克斯還沒有現身，不過已經發出類似預告的東西，寫著：『在鐘樓底下聆聽肅清的信號砲聲響起吧』云云。鐘樓指的是位在北校舍和體育館之間的木造老建築，直到戰前都當作校舍使用，不過在空襲中被燒掉一大半，現在只剩下鐘樓的部分還在。」

「信號砲嗎？哼，真老套。」

「老師，你該不會只憑這句話就察覺到什麼了！」

「十之八九是爆裂物吧。」

「意思是……炸彈？」

在人潮聚集的地方使用那種東西的話——

「可是既然有這種機會，我更希望他採取其他方法。」

「其他方法……？」

「例如在校園廣播裡不斷以尖銳的聲音朗讀《腦髓地獄》＊註17——」

「夠了。」

我實在不希望有人在愉快的校慶活動上朗讀那本前所未有的奇書、詭異的偵探小說。順便補充一點，我還是小學生的時候第一次讀了那本書，結果當晚作了無法對人形容、猶如萬花筒般的惡夢，最後哭著跑進父親的房間裡。

「哎呀。」從剛剛開始，在走廊上與我們擦肩而過的女性們紛紛溢出嘆息聲，並且回頭看向老師。可是我很想對她們說：「各位別被騙了！」這個人的確擁有電影或電視明星般的長相，內在卻像濃縮十倍的江戶川亂步《帕諾拉馬島綺譚》*註18一樣複雜難解。

我一邊想著這些事情，一邊往前走，不小心撞到站在走廊上的人。

「對不起！」

「沒事，不要緊。我也在發呆……」

那名中年男子溫和的臉上流露出幾許落寞的笑容，向我鞠躬。我看到他脖子上掛著相機。

「您在拍攝明尾祭嗎？」

「是的。為了我住院的女兒。她原本一直很期待今天的到來，所以我想至少也要拍些照片給她看。」

聽到對方這麼說，我心想：「不會吧。」

*註17《腦髓地獄》是日本作家夢野久作於一九三五年出版的長篇推理小說，號稱日本推理四大奇書之一。繁體中文版由野人文化出版。

*註18《帕諾拉馬島綺譚》是日本作家江戶川亂步於一九二六年～一九二七年在《新青年》雜誌上連載的中篇小說作品，講述冒用身分的故事。繁體中文版由獨步文化出版。

「……請問，您該不會是……沙穗的……？」
「咦？妳是沙穗的朋友嗎？」
這位男子就是沙穗的父親。這麼說來，態度謹慎保守等的地方的確感覺很相似。
聽說沙穗的母親現在正在醫院陪著昏迷的女兒。
「我打算等她醒來後給她看看照片。那個孩子確實受到部分同學的傷害，不過她也說過自己有交情很好的朋友，社團活動也很開心。所以我們相信她絕對不會做出傷害自己的舉動。」
沙穗的父親說完，輕輕點頭致意後離開。
我好一會兒無法舉步向前邁進。
「老師。那天早上天空很漂亮呢，然而現場卻有好多血。沙穗在被人發現之前，是不是獨自一個人在那個樓頂上、那片天空底下，望著自己的鮮血？」
老師沒有回答我的問題，只是在我身後默默湊近看著我的臉。
「老師，我還是希望能夠靠自己的力量找出犯人。」
「即使我繼續反對，妳也不會聽，也不會停止推理。」
「其實我昨晚再次仔細思考之後，想起一件事情。我在樓頂上發現沙穗時，流出的血液大部分都已經凝固了，這表示血流出來已經過了相當長一段時間。我只注意到現場很奇怪，卻忽略了這一點。」

我把頭往後仰，看向身後的老師。

「可是多虧老師昨天出手相助，讓我注意到這點。」

久堂老師桌上留下的咖啡漬。

經過一天已經乾涸的那個咖啡漬。

「假如沙穗像個資優生乖乖等到校門開放後才進入校內的話，如果流血是在那個時間之後才發生的話，照理說血液不會凝固成那種狀態。也就是說，她是在**校門開放之前，趁著半夜偷偷溜進校內**。我完全沒有考慮到這種可能性，而老師你是想要提醒我注意這個盲點，對吧？」

聽到我的話，老師就像偵探小說裡真正的犯人一樣，嘴唇彎成月牙狀，心滿意足地笑著。

「如果是這樣，妳接下來要如何推論呢？說說看，雲雀。」

我的後腦杓感受著老師的心跳。老師正在把玩我的貓耳朵。

嗚嗚，我被惡魔牽著鼻子走了。

「那一夜，沙穗被找了出去，被叫到學校樓頂上，找她出去的人是愛克斯。沙穗也許是因為什麼原因，得知愛克斯過度激進、失控的計畫。」

我的胸口也加速狂跳。

老師繼續問我：

「那麼，誰是愛克斯？」

愛克斯，能夠從各項學校政策——風紀委員的密集巡邏、全面上鎖、可稱得上是誇張的取締方式——中找到漏洞犯案的人。

「這位學生必須有資格得到一般學生無法獲得的資訊。」

今天早上的聲明中寫到『代表全體學生』，我想這部分沒有虛假。愛克斯這號人物就是即使採取強硬手段，也要主張自己的想法，這樣的人照理說不會在聲明中造假貶低自己。可以肯定的是，他反而會樂於強調自己是站在學生這邊的人。

「不過只有這樣，妳還是無法鎖定對象。」

還不夠——老師把玩著我的頭髮，像是在強調這一點。

「快想起來，那天我已經給了妳一個關鍵性的提示啊。這個世界有時要斜著看。」

——真實身分不明的社會運動者愛克斯。

——沙穗留下的血字「Ｘ」。

世界要斜著看——

下一秒我已經奔出去了。

「老師，等我一下，我待會兒一定會帶你參觀校園！」

沒錯，有的。

有個人符合所有條件。

愛克斯就是那個人。

體育館後側儘管屬於校園內的一部分，卻鮮少有人往來。一站到那兒就會因為曬不到太陽的關係，感覺空氣涼爽許多。體育館內清楚傳來吹奏樂社演奏著《年輕的力量》的旋律。

「你拿著那種東西要去哪裡？」

我盡量調整好呼吸之後，才對著那個背影開口。

對方一瞬間縮了下肩膀，接著回頭看向我。

「哎呀……這不是花本學妹嗎？妳在這種地方做什麼？」

犬飼十郎將原本拿在手裡的黑色包包藏在身後說道。

「說得沒錯，歡樂的校慶活動正熱烈之時，我們卻在這種地方相遇，真是奇怪，對吧？學長不用守著鐘樓嗎？」

「現在應該有學弟在幫忙看守吧……」

「鐘樓底下沒有半個人喔。」

我一離開校舍，馬上跑向鐘樓，確定那兒沒有半個人看守之後，接著跑向負責維安工作的風紀委員們集合的場所。
我在那兒遇見一位直到剛才都還守在鐘樓底下的一年級學弟，他這麼告訴我：
「十郎學長代替我守著。他說：『鐘樓我來守，你去休息吧。』……」
如果是十郎學長，就有可能刻意製造防守漏洞。
「如果是擔任風紀委員長的學長你，也就不難理解為什麼愛克斯之前能夠鑽維安的漏洞犯案了。」
說完，我往前踏出一步，學長也跟著往後退一步，扭曲臉龐露出笑容。
「我為了找到學長你，四處亂跑了一陣子，不過幸好還來得及。」
「犯案？妳在說什麼……」
「學長，你就是愛克斯吧。」
此時傳來如雷掌聲，吹奏樂社的表演似乎結束了。
「哈哈哈哈！我還以為妳要說什麼。只因為我是風紀委員長，就說我是愛克斯嗎？妳這個偵探還真是亂來啊。」
「不只是這樣。我一直在想，你為什麼要選擇『愛克斯』這個名稱呢？回顧愛克斯過去的行動和發表過的聲明，我可以確定這個人強烈希望主張自己的主義。他就是這樣的人。既然如此，他就不可能不表明自己的本名了。」

在某個地方一定潛藏著與本人有關的要素。

我蹲下，用手指在地上寫下「X」。

「要說簡單也實在太簡單，就跟小朋友玩遊戲差不多。」

然後我移動到那個X的斜角位置上。

「從這個角度看過去，『X』就變成『十』了。十郎學長。」

只要斜著看世界，就是這麼簡單。

沙穗在樓頂寫下的「X」不是「愛克斯」也不是「罰」的意思，而是「十」。她在某個時候偶然發現愛克斯的真正身分就是十郎學長，為此感到心痛。

十郎學長恐怕是在那一晚，趁著三更半夜潛入學校，打算為今天做準備。沙穗想要說服學長罷手，所以跟著來到學校，但學長卻不予理會，甚至為了封口，讓她變成那副模樣。

他或許不是故意，可能只是爭論到最後不小心出手傷了她。我希望事實是如此。

「這也太牽強了吧！再說名字裡有『十』的還有其他學生……五十嵐不是也有……」

「不只是這樣。學長一開始提到愛克斯的時候，稱X為『他』，好像你早就知道愛克斯是男的。」

「那是……我不認為女生會做出那種事情，所以沒多想就那樣說了而已……」

「另外就是今天早上發現犯案聲明時，你不自然地連忙撕破寫著聲明的布條並丟棄。學長當時再次讀過內容之後也注意到了吧，注意到你自己的寫字習慣？」

我有看過一次十郎學長的字跡。

「是的，就是你以風紀委員身分四處張貼的海報。」

——那個太過得意忘形的「各」字。

「前幾天看到你以風紀委員身分寫海報時，我就覺得有點意思，事後還和你妹妹聊過。她說，哥哥寫的『各』很容易和『名』這個字混淆。聽說那是你從小養成的習慣。將聲明文字寫在那麼大一塊布上，你一定是躲在校內某處完成的吧？但是為了避免被人看見，所以你寫得很倉促，也因此不小心暴露了平常寫字的習慣。」

——「各」位今天就在鐘樓底下聆聽肅清的信號砲聲響起吧。

如果被妹妹看到，或許會注意到那個共通之處，所以他才會匆匆忙忙撕破布條丟掉。

當時我就覺得有點奇怪，不過沒能夠確定。可是當我發現隱藏在名字裡的提示時，所有線索都連成一條線了。

「你一時間來不及改變字跡就佯裝成愛克斯，對吧？」

「這……！」

十郎學長原本還想要辯駁，但最後終於坦承：

「啊啊……沒錯，妳說得對！我就是愛克斯！」

然後他從藏在身後的包包裡取出二十公分見方的金屬四方盒。盒子表面因為頭上的陽光照射而散發出銀色光芒。

「看清楚……這是土製炸彈。我讀完全學聯的前輩給我的書之後，花了半個月時間製作完成！我從父親的工作室偷了許多火藥，製作出最強的炸彈！我有心要做的時候還是能夠辦到……我會搞出一番大場面，得到前輩們的認同！」

「果然是炸彈……！」

我想他所稱的全學聯的前輩們應該也沒有做到這種地步，不過一看到他被逼急的眼神，我還是決定別多話。那個眼神顯示出他很有可能會在這裡引爆炸彈。

「學長，請你別再繼續傷害其他人了！我相信沙穗也是不希望學長你做這種事，才會在那一晚前往樓頂！」

雖然沒什麼自信，不過我打算用熱誠的說詞說服他。如果沒能夠在這裡阻止學長的話，只怕會造成其他人傷亡。

「請不要枉費沙穗的心意！」

於是，我的這番話起了意想不到的效果。我真的沒有想到會是這樣。

「等等……妳在說什麼？沙穗……？為什麼突然提到她？」

十郎學長一瞬間雙眼圓睜，不解地偏著頭。

「咦？」

「我純粹是想要靠自己一個人的力量改變這所學校的存在方式，沒有任何人知道我的真實身分！沙穗當然也不可能知道我就是愛克斯！」

「怎麼會……？」

「那一晚我在新宿的爵士咖啡館與前輩討論資本論，才沒有去什麼學校樓頂！」

怎麼會——？

難道——我推理錯誤？

我弄錯人了？

我的腦袋一片空白。可是事到如今已經沒有退路了。

在我面前的十郎學長就是愛克斯是不爭的事實，當下還有炸彈危機等著解決。

「總、總總總總而言之！我不能讓你把那麼危險的東西帶進校慶活動！」

「我豈能被逮！我才不想和警察周旋！也不想吃臭掉的飯！」

看樣子我迫不得已的一番話刺激了學長，他一手拿著炸彈朝我衝過來。那副模樣宛如奔向敵軍打算玉石俱焚的士兵。

啊……這可不行——

我雙腿發軟、流出大量討厭的汗水，甚至感覺自己生命垂危。

就在這個時候。

「總算掌握到證據，你這個窮凶惡極的傢伙！」

從我背後傳來熟悉的聲音。

朝我衝過來的學長也嚇了一跳煞住腳步，差點摔向前。

「你、你是誰！」

「我是刑警。」

我一回頭就看到將外套掛在肩膀上的久堂老師站在那兒。

「我們一直都在監視你。」

說完，他從胸口掏出很像警察手冊的黑色記事本讓學長看一眼。

刑警？老師，你什麼時候轉行了？

「你覺悟吧，等一下就會有五十多位便衣警察包圍這裡了。」

老師的說話語氣很粗魯，跟平常不一樣，而且他的嘴裡還叼著牙籤。

這個人，真的是久堂老師嗎？

「五十位！你……是在虛張聲勢吧！」

「要賭一賭嗎？」

於是，從校舍正面傳來一大群人說：「等等！」、「在這裡！」的喊叫聲和腳步聲。那個腳步聲的數量聽起來的確似乎有五十人。

「怎、怎麼會……」

聽到那些聲音，學長抱著炸彈當場癱坐在地上。

我不是犯人，卻不自覺也跟著戰戰兢兢。

「老師……那些真的是警察嗎？」

「哼，這種小人物哪有可能動員五十名警察。」

「那麼，那些腳步聲究竟是……」

這時候現身的是——

「找到了！吃霸王餐的傢伙！」

「別想逃！」

「讓你見識一下明尾高中的氣魄！」

明尾高中的學生們。

學生們筆直朝著老師奔過來。五十嵐學長也在其中。

「老師……你做了什麼？」

「我為了救妳，不得已只好跑去吃炒麵、章魚燒和車輪餅，如此而已。」

牙籤之謎終於解開了。

面對數十位學生，老師非但沒有逃走，還說：

「辛苦各位了。我們順利以現行犯逮捕造成校園騷動的愛克斯。有勞各位同學了。」

接著他把嚇癱的十郎學長拖到學生們的面前。

「咦？風紀委員長就是愛克斯？」

「犬飼是愛克斯！」

「怎麼會……十郎就是愛克斯嗎！」

五十嵐學長也面露由衷感到驚訝的表情。

「呃、好！我們帶他去學生會辦公室！啊，我們是不是應該先把他綁起來？雖然他已經像吃剩的豆芽菜一樣軟趴趴了。」

「說得也是！找個東西把他綁起來比較有模有樣！」

就在這時候。十郎學長抱在懷裡的炸彈突然開始噴出煙霧，並快速向四面八方擴散。

「這、這這這這！這煙是怎麼回事！」

「喂，這傢伙拿著的東西……該、該不會是炸彈吧！」

「今天早上在鞋櫃前看到的『肅清的信號砲聲』指的就是這個嗎？喂，大家快逃啊快逃！」

「痛痛痛痛！誰踢我的屁股！」

「別說了，快點趴下！」

「別踢我的屁股啊！」

所有人都因為大量冒出的煙霧而四處逃竄。我也不知道該怎麼辦，不自覺抓著老師的手臂。

「哇啊！誰、誰來把這個東西停下來！」

十郎學長抱著自己製作的炸彈慌慌張張地原地踏步。從他的反應看來，他本人也沒料到那玩意兒會冒煙。

最後炸彈就像大紙袋一樣炸開，發出尖銳的爆裂低響之後，十郎學長當場往後一仰倒下。

「嗚哇！十郎！」

每個人的嘴裡都喊著他的名字。可憐的十郎學長，在明尾祭的天空下化為微塵——就在大家這麼以為時，他卻毫髮無傷。反觀在面前的炸彈卻變成射向天際的華麗煙火。

「煙、煙火？」

煙火打上距離地面三公尺高的地方，從銀色變成金黃色，才這麼一想，這回卻開始閃耀著紅色光芒。每個人都張大嘴巴愣在原地望著色彩多變的煙火秀。

「呵呵，這個發展還真有意思。」

身旁的久堂老師揚起嘴角微笑。

「為……為什麼？我的確是照著書上所寫的內容製作……為什麼我的炸彈會……」

十郎學長的腦漿已經跟不上眼前的發展了。他跌坐在地上動也不動。

「呃，老師……這到底是……」

「雲雀，看到那個煙火的顏色，妳還沒發現嗎？」

我想問的不是這個，不過——

「顏色……？」

「進入校門之後，第一眼就會看到的東西。」

「進入校門……？」

聽他這麼一說，我試著回想每天早上上學時不自覺看到的景物。穿過校門之後，進入校舍之前，眼前會看到的東西。隨風飄揚——啪答啪答地隨風飛揚——

「啊！旗子！校旗！」

對了，銀色、金黃色、紅色，就是校旗上三色葉子的顏色！

在場不只是十郎學長，所有人都在這個冷不防發射的煙火面前動彈不得。此刻如果有人路過的話，或許會以為大家正好整以暇地欣賞煙火。

這時，老師向煙火走近了一、兩步，高聲說：

「好了，各位！覺得他的表演如何？假裝成炸彈外型的優美煙火，宛如慌亂校慶裡的一朵花。他瞞著朋友偷偷準備了這麼美好的東西，你們說是不是一位有才華的好男人啊！」

「表、表演？」

「這個煙火是十郎做的……？那麼，這傢伙是愛克斯也是騙人的嗎？」
「是的。我是受他委託假扮刑警。如何？各位玩得還盡興吧？」
「原來是這樣啊……」
「喂，十郎！如果是這樣就說清楚啊！你自己一個人安排這麼好玩的事情，太狡猾了吧！」
這是怎麼一回事呢？沒想到眾人居然都相信了老師的胡說八道。
「嘿，你有一群很棒的朋友呢。」
久堂老師轉頭看向十郎學長，以溫和的聲音這麼說道。從我這裡看不見，不過老師肯定擺出了駭人的表情，並用那副表情叮囑十郎學長說：「我特地替你打了圓場，你可別不識相多嘴啊。」而且是非常強烈地叮囑。
再也沒有什麼比老師柔聲說話時更可怕了。
最後每個人紛紛開口搭話，並且過去扶起十郎學長。十郎學長直到最後都像是不會說話的稻草人一樣任人擺布。不過只要大家相信老師說的話，情況應該就不會惡化吧。
就這樣，後來只剩下我和老師仍留在原地。
我只是傻愣愣地張著嘴看著事情發展下去。
「呃……老師？」
「妳臉上的表情為什麼會像是古墳時代地層裡挖出來的那個東西？」

「你說誰是土偶啊！」

「土偶是繩文時代啦呆瓜。」

他告訴我古墳時代應該是埴輪*註19，不過誰在乎呢。

「好了，這件事情圓滿結束，而且我也飽了。」

「老師……沒想到我的推理錯得很離譜……」

是的，完全猜錯。徹徹底底地猜錯了。

「我還以為十郎學長就是傷害沙穗的犯人！」

「別灰心，名偵探。」

「我利用老師給我的提示找出了愛克斯的真實身分，卻沒想到他和沙穗的事情一點關係也沒有！」

「我幾時說過要幫妳解決雨村沙穗那件事了？我給妳的提示就是用來揭穿愛克斯的真面目，是妳自己誤會、突然就跑掉了。」

「你、你早就知情卻說那些話誤導我，對吧！太過分了！老師你太過分了！」

*註19　古墳時代為三世紀中期到七世紀左右，埴輪為古墳時代陶器的總稱；繩文時代為西元前一萬四千年到西元前三百年左右，土偶為泥土塑成的人像，多以女性為形象。

「啊哈哈！」

「氣死我了，這有什麼好笑的！」

看到我往錯誤的方向跑去，他一定樂在其中吧，一定笑得很開懷吧。

只是為了自己一時的快樂！

「正因為妳的反應有趣我才會看不膩呀。」

老師動作僵硬地將他原本拿在手裡的外套披在我的肩膀上，愉快地笑著。

「老師大笨蛋。」

可惡，只要看到他的臉，我就沒辦法繼續生氣。

老師真的太狡猾了。

第三章　最後那句話是多餘的

『風紀委員長在校舍後側的祕密表演！』

再過一會兒大概就會出現寫著這類標題的號外了吧。原本打算利用炸彈在校慶上製造混亂的愛克斯，也就是十郎學長，因為久堂老師的靈機一動，把他的角色變成利用煙火妝點校慶活動的調皮風紀委員長。

這下子在學校引起騷動的愛克斯應該不會再出現了，其真面目也將永遠成為謎團，悄悄封印在黑暗的校史中。

「不過為什麼煙火會……」

我一這麼說，老師就開口：「大概是他的父親注意到兒子打算採取危險的行動，於是拿煙火將盒子裡的炸彈調包，而且還是特別加入玩心製作、仿效校旗顏色的三色煙火。」

能夠想到的答案確實只有這種可能。

「製作那個煙火時，恐怕也考慮到了安全性，看得出來是技巧相當高超的煙火師用心製作的作品。」

老師難得會這樣稱讚別人，十分罕見。既然他是那麼優秀的師父，如果火藥遭竊，也許馬上就注意到了。

「雖說即使沒有被換成煙火，炸彈也不一定會爆炸。」

看了剛才十郎學長被逼到走投無路的狼狽樣，的確很難想像他能夠完美達成目標。

「……唉。」

不過。

「別老是一臉受潮仙貝的表情嘛。」

老師這麼說後，把他吃到一半的蘋果糖葫蘆給我。那個蘋果糖葫蘆是我剛才掏錢買的，所以實在很難坦然言謝。

我還在因為推理失敗而不甘心。

「結果沙穗到底是為什麼跑去樓頂呢？你該不會連這點也有頭緒了吧？」

我一邊咬著蘋果糖葫蘆，一邊湊近老師盤問。

老師厭惡地把臉轉到一旁。

「話說回來，妳啊，有沒有好好看過自己學校校慶的導覽手冊啊？」

「導覽手冊？嗯，姑且看了一遍……然後呢？」

「我記得紀念塔差不多要揭幕了吧？」

聽他這麼一說，我仰望鐘樓。時針正指著上午十一點三十分。

「對喔，揭幕時間應該是正午，所以紀念塔現在應該正在某個地方進行組裝。怎麼了，老師？你該不會很期待吧？呵呵，真像小孩子。」

「別說傻話了，不然我抽走妳的腦髓。」

「咿！怎麼抽？」

「我看到學生們從早上就把鷹架還是骨架等紀念塔的零件搬到外面去，他們朝南校舍的側面走去。」

看樣子紀念塔製作小組最後沒能夠在明尾祭開始之前把所有零件搬出去。全程保密到家，卻在揭幕當天被一般來賓目睹，這情何以堪呢？

「跟我來。」

說完，老師拉著我的手率先向前走。

被他這樣拉著，除了跟著去，我還能怎麼辦？

老師說得沒錯，紀念塔正在南校舍側面的草叢裡進行組裝。紀念塔製作小組的成員們互相出聲喊話並組合零件。

一旁是用力揮舞竹刀大聲下指令的體育老師——他因為長得很像時代劇殺陣場面中會第一個被砍死的角色，因此學生們給他取了個綽號叫做「被斬人」——不過看起來並沒有半個人理會他的指令。

紀念塔似乎總算組合過半，這個時候的高度已經需要抬頭仰望了。

我覺得自己彷彿正在欣賞興建中的東京鐵塔，因此感到幾分雀躍。從地面往上交織組合的竹子正好成了梯子的模樣，可以容納一個人爬上去。

我在進行組合的學生裡發現熟悉的臉孔，就是那位早上在校舍樓梯附近搬運零件的男孩子。四周的學生稱他為組長。

大概是感覺到有人注視，他注意到我們在參觀，於是對我們說：

「欸，真是……我本來希望組裝時能夠盡量避免被人看到。」

「你就是紀念塔製作小組的組長嗎？」

「是的，我是三年級的瀨野。這次的紀念塔主要是由我設計，不過當然也採納了其他人的意見。」

「聽說這次的紀念塔將是有史以來最大的作品？」

「是的，最大也是最高。雖然製作過程發生過不少狀況，不過總算是成形了。」

他一邊擦拭額頭上的汗水，一邊和我說話。

「因為去年的意外，紀念塔的製作預算被刪減了不少……原本一開始是要廢除紀念塔，可是執行委員長五十嵐努力說服學校，才使得這項傳統得以延續下去。」

「是五十嵐學長……」

「妳認識他嗎？他那個人很不錯吧？我和他從小學起就是朋友，我們兩家住得也很近，以前經常在住家附近的公園裡玩揮刀對打遊戲，一直玩到天黑。」

在說著這些話的學長身後，紀念塔愈搭愈高了。下指令也沒什麼人聽的「被斬人」握著沒有用處的竹刀，獨自練習起揮棒。學長嘴裡說的「揮刀對打」與那個人的動作莫名契合，害我差點笑出來。

「就是位在明尾高中後面的那座公園。對了對了，妳聽我說，我們考這所高中只是因為離家近這個緣故，很好笑對吧？當時悠馬和我一樣都討厭念書，不過那傢伙現在卻已經變成十足的資優生了。」

我也沒有什麼回應，瀨野學長卻自顧自愈講愈開心。看樣子他這個人天生就喜歡聊天吧。

「不過以前真的很開心呢。儘管我曾經遭遇挫折，但當那個傢伙久違地帶著有趣的計畫來找我時……哎！」

他說到這裡突然緘口，接著表情突然變得陰鬱。

「總而言之，那個傢伙很厲害。自己的妹妹明明在那場意外裡受了重傷，他卻仍然努力讓今年也能夠有紀念塔。」

「妹妹？呃……難道就是在去年意外中受傷的人……？」

「是的，就是那傢伙的妹妹。他們兄妹倆的年齡相差頗大，我記得她還在讀小學……啊，既然那是去年的事情，今年應該已經上赤橋國中了吧。哎呀糟糕，和妳聊得太專心，我必須回去工作了。」

說完要說的話，他再度回去組裝紀念塔。

然後我就像個幽靈一樣，站在那兒望著紀念塔完成。這段期間，老師難得沒有插嘴，一直等著我。

完工的紀念塔外型類似東京鐵塔，高度將近十公尺，從正下方往上看更壯觀。

考慮到輕巧、耐用且具有彈性而選擇的竹子骨架，強而有力地組合在一塊兒，支撐著頂端的心型標誌。

一隻大手用力握住那顆心的設計造型相當絕妙。瀨野學長說這次的主題是「抓住心的人」。紀念塔的造型的確完全符合這個主題。

「奇怪！喂，那個心型的下面開了一個小洞耶！雖然不大，但是都沒有人發現嗎？」

瀨野學長說得沒錯，仔細看就會發現心型上開了一個小洞。不過那也必須很仔細、很仔細才會看到，不至於需要介意。

「算了，如果有人有意見，就堅持主張那是**天使之箭刺到的痕跡**就好！」

學長說完後大笑，似乎馬上就打起精神來了。

一旁的老師一直在等待完工，喃喃說了句：

「這高度已經需要抬頭仰望了。如果從頂上摔下來，應該會很痛吧。」

聽到他的這句話，我的腦海中「怎麼發生的」與「凶手是誰」之間搭起了一座橋。

「老師，我終於知道答案了。」

「去吧。如果又錯了，我會安慰妳，門外漢偵探。」

早在操場上做好準備的吹奏樂社開始演奏華麗的樂章。瀨野學長率領的紀念塔製作小組配合樂聲搬出紀念塔。

我留下老師，跟著紀念塔走。進入中庭後，巨型紀念塔引起眾人的歡呼。每個人都像在看著太陽似地瞇起眼睛仰望紀念塔。

不清楚是誰準備的，從北、南校舍的三樓和四樓窗戶撒下了彩紙片。音樂、彩紙片、猶如巨型神轎的紀念塔。

四周的人群宛如遊行隊伍。

我在群眾當中很快就找到了那個人。因為唯獨那個人沒有仰望紀念塔，而是始終凝視著自己的雙腳。

眾人跟著往操場移動的紀念塔離去後，也只有那個人獨自留在中庭裡。

我聽著逐漸遠去的歡呼聲，喊住那個背影。

「沙穗一定會沒事的，五十嵐學長。」

聽到我的聲音，學長好一會兒仍舊沒有轉過頭來。

倔強飛舞在半空中的彩紙片最後可憐兮兮地落在學長的腳邊。

他吐出一口氣後，終於開口這麼說：

「那是意外。」

「是的，我也這麼認為。學長是在無意間製造出『從天上跳到樓頂自殺』的詭異狀況。我說得沒錯吧？」

學長沒有說話。

「你那天趁著三更半夜前往學校樓頂，在那兒組裝紀念塔。」

此刻紀念塔已經搬到操場中央。

「那座紀念塔的零件平常都是在幾乎無人使用的四樓理科準備室裡製作。從那兒搬到樓頂上不算困難。再加上瀨野學長構思的設計、採用的材質比去年的作品更輕巧，只要多花一點時間，一個人也能夠組合完成。」

因此學長趁著三更半夜在學校樓頂上組裝巨大的紀念塔。

到這裡應該沒說錯吧？

我以眼神問學長。他輕輕點頭。

「大致上是這樣沒錯。我補充一下，其實當時在樓頂的不是只有我一個，我認為一個人組裝太困難，所以找了熟悉情況的人幫忙。」

「瀨野學長嗎？」

「是的。他從以前就是我的死黨。我對他說：『你這個前所未有的作品如果一夜之間出現在樓頂的話，將會在明尾祭的歷史上留名。』」

「可是，自行做這種事情，學校方面也不可能善罷甘休吧？甚至還有可能廢除紀念塔。瀨野學長居然同意接受這項計畫？」

「我找負責製作紀念塔的老師商量過，也十分委婉地和他解釋過情況了。」

那位老師就是「被斬人」吧？

「瀨野喜歡引人注目、好玩的事情，所以二話不說就答應幫忙。」

瀨野學長無意間洩漏的「戲劇化的登場」，指的就是這個吧？

「然而，你其實沒有告訴老師，你騙了瀨野學長。我沒說錯吧？」

「……沒錯。」

於是瀨野學長在不知道五十嵐學長真正目的的情況下出手相助。

「然後就在那一晚，順利組裝紀念塔的我們兩人雖然不斷互相打氣，還是在黎明之前回家了。因為我們希望多少能夠稍微睡一下。」

「你打算在隔天早上比任何人更早一步到學校去終結紀念塔，是嗎？」

這才是五十嵐學長心裡真正的計畫。

「是的。我原本打算在其他學生到校之前先上去樓頂，看準所有人都注意到樓頂上的紀念塔之後，不等明尾祭的第二天，就先放火把紀念塔燒了。」

原來如此。學校裡有可能組裝那麼龐大的紀念塔，且能偷偷組裝的地點，就只有樓頂了。

「學長希望能用自己的手終結它，是嗎？」

看到五十嵐學長猶豫著要不要說出真心話，我主動做球給他。他仰望天空好一會兒，等待自己的情緒冷靜下來後才開口：

「是的，我希望親手終結掉紀念塔。」

瞞著校方在樓頂搭建高達十公尺的紀念塔之後放火燒掉，這種危險行為將會讓紀念塔的歷史徹底落幕。這才是他真正的目的。

「我明年就要畢業了，所以我決定在離開這所學校之前做個了斷。我希望親手讓紀念塔從明尾祭上永遠消失，而不是在打造紀念塔時自我約束，只製作合理的樣式。」

學長已經不再看著天空。他溢滿難以形容情緒的雙眸，此刻正凝視著自己的手。

「這一切都是為了你妹妹嗎？」

「——妳居然連這個都知道……妳到底是什麼人？」

五十嵐學長此刻才第一次正眼看著我。

「我聽瀨野學長說，在去年意外中受傷的人就是你妹妹。難道學長你的妹妹……」

我猶豫著該不該把話說出口，結果還是說了。

「臉上有一道從左臉頰到耳朵的傷口？」

「現在仍留著傷疤。」

這句話顯然是肯定的回答。

「去年，我牽著妹妹的手帶她參觀校慶。她從小就很內向，不曾流露感情，那天卻難得笑得開懷。到了中午，我們一起去看紀念塔。當時突然颳起一陣風，完全沒人料到會有這陣風，結果被風吹倒的紀念塔朝著我和妹妹倒下來……」

「快點快點！」兩名感情很好的女學生手牽手跑向操場。

「當時我放手了。應該要逃走的瞬間，我卻放開了她的手。」

學長一定是親眼目睹了妹妹痛苦的模樣。

「所以學長深深憎恨在令妹臉上留下嚴重傷痕的紀念塔，也憎恨明尾祭，是嗎？」

「受傷的不只是臉，那個孩子的心一定也受傷了。但是我不知道那一夜在樓頂做那些事情，是因為自己憎恨明尾祭，或是想要轉移對於放開妹妹的手這件事的焦慮……」

操場上傳來更大的歡呼聲，紀念塔似乎已經抵達預定位置了。從這邊看過去只覺得那東西看起來很小。

「然而，學長在那一夜回家之後，又馬上回到學校來，是吧？而且還匆匆忙忙將辛苦搭建的紀念塔收起來。」

「我把上衣忘在樓頂就回家去了。因為組裝時覺得很熱，就將上衣脫掉，完成後大概是身心都很激動，就忘了我的衣服。等我想起來時，人已經到了家門口，趕緊跑回去拿衣服。我想當時是剛過凌晨三點的時候。」

接著，手裡拿著手電筒、氣喘吁吁回到樓頂的學長，卻目睹難以置信的景象。

有位女學生血流滿地躺在紀念塔的下方。

「我一時間無法消化這個情況，甚至以為那是幽靈，但是後來我終於注意到她是**摔下來**的。為什麼在這種時間、這種地方會出現一位女學生，我一點頭緒也沒有——」

儘管如此，五十嵐學長還是猜想到她是爬上了紀念塔，結果一個不小心跌下來。

「學長才是真正第一位發現的人。」

「流了好多血……好多血。而且她動也不動，我以為她死了。我因為這突如其來的狀況驚慌失措，於是連忙把紀念塔收起來。」

「你左手的傷就是當時弄的吧？」

學長的左手今天也仍舊包著繃帶。

「嗯。因為我急著勉強自行拆除紀念塔。」

就這樣，因為一個突然出現的女學生，使得學長當初的計畫沒能夠成功。

「我怕得跑出學校。回家途中經過派出所時，我還在派出所前考慮了好一會兒。但是我不曉得該如何說明才好……即使我說：『有個女孩子跌落在樓頂上死了。』也只會被懷疑是我的腦袋有問題。可是若要明白解釋清楚的話，就必須全盤供出所有的計畫，這樣一來也會把瀨野捲進來……結果我還是決定直接回家。」

從他隔天早上雙眼泛著血絲、一臉疲倦的樣子，不難想像學長那天恐怕無法入眠。

「隔天早上聽到妳說雨村學妹沒事的時候，我真的鬆了一口氣……她還活著……光是知道這件事，我就差點雙腿一軟跪下來了。」

也許學長那個時候揉眼睛不是因為睡眠不足，而是因為他在哭。

「我知道在不久的將來，必須償還自己的罪過。因為等到雨村學妹恢復意識後，她一定會責備我為什麼見死不救、自己逃走，她會將一切攤在陽光下。」

五十嵐學長這麼說，但我有不同的想法。可是現在就算把我的想法告訴他，也無法充分傳達給他吧。

「問題是，妳為什麼知道我那一夜躲在學校裡？我希望妳至少能夠告訴我這一點。」

「因為廣播，當晚的廣播節目。學長曾說自己一直待在家裡聽廣播。」

「廣播？啊啊，S盤時間嗎？」

「學長，你當時這麼說，你說：『**還是和平常一樣**播放著熟悉的歌曲。』」

「……大概吧。」

「聽到這句話的當時，我還不清楚這句話的真偽，因為那天的節目我沒聽完就睡著了。但我身邊也有其他人聽了那個節目，他說當天節目裡發生了少見的意外。」

話雖如此，不過當枯島先生告訴我那起節目發生意外時，我還沒有注意到學長的說法有哪裡不對勁。

他與瀨野學長之間的關係、妹妹的事情，以及不符合實際情況的廣播節目說詞。當我試著把這次事件的重心擺到紀念塔上思考時，五十嵐學長的情況以及他曾經說過的話，突然在我的腦海裡甦醒，成了解開謎團的關鍵。

「意思是……廣播節目讓我失去了不在場證明嗎？都怪我太多嘴了。」

學長自嘲地搖搖頭。

「結果我只是個一事無成的半吊子，不但沒能夠幫助雨村學妹，也沒能夠執行當初的計畫，只能帶著不上不下的心情繼續擔任明尾祭的執行委員長，甚至沒能夠替妹妹的傷報仇……」

「……學長，你今天見到令妹了嗎？」

「沒有……我想她應該在家。為什麼這麼問？」

「我想令妹應該已經放下受傷的事了，至少她已經用自己的方式接受這項事實了。」

「怎麼可能……」

「我剛才在校園裡遇見很像令妹的女孩。她來了，而且沒有隱藏傷疤、專程過來參觀哥哥擔任總指揮的明尾祭。這不就是她的表態嗎？」

如果想要遮掩的話，她大可戴上口罩，而且如果心理沒有做好準備，她也不可能再度參加明尾祭。

我是這麼認為。

「就算是這樣……身為哥哥的我還是無法放下。我只能擬定無法告訴別人、也無法有人理解的計畫，藉此安撫自己的心情。」

無法有人理解——他這麼說。但是，我認為不是這樣。

「不是有一個人能夠理解嗎？」

「有一個人？這個計畫我不曾對任何人……該不會……」

「是的，就是沙穗。那一夜她大概是知道學長你在那兒，才會前往樓頂。」

「為什麼……？她為什麼要那麼做！」

學長追問我，臉上是由衷不明白的表情。

「你真的不懂嗎？」

我衝口說出從心底湧上來的焦慮。

「既然如此，我們現在立刻前往那座紀念塔、攀上塔頂！你一定能夠得到答案。」

「塔頂……？那個心型標誌裡有什麼……」

「你自己去確認看看。」

「可是……我……」

「氣死我了！答案明天就會被燒掉了啊！」

我對學長怒吼完，就朝著紀念塔跑了過去。我推開抬頭望著心型標誌發愣的學校老師、熱衷於拍照的來賓、早早就覺得膩了而開始聊天的學生們，總算來到紀念塔跟前的時候，有些喘不過氣來。

「喂！妳要做什麼！」

一旁的體育老師「被斬人」盤問我並想要制止我。我在被他逮住之前，連忙跳上紀念塔。

「對不起，我要上去拿一個有點重要的東西！」

我踏上竹子搭建的骨架一步步往上爬。整座紀念塔都在搖晃，而且搖晃的幅度比我想像中大得許多。

我一瞬間雙腿發軟，不過我試著不看向下方，繼續往上爬。

操場上與去年一樣颳起一陣風。今年的紀念塔應該不會倒。我如此相信著，繼續往上爬。

底下傳來學校老師們的怒吼聲與家長的尖叫。

在場的學生們大概是不清楚狀況所以覺得有趣，紛紛熱烈喊著：「往上爬！往上爬！」

「花本學妹！」

底下傳來五十嵐學長的聲音。太好了，他有跟過來。

我莫名覺得塔頂有些遠，卻還是一心一意爬到了手能夠碰到心型標誌的地方。

「在這裡！」

我很快就找到組裝完成時發現的小洞，並且毫不猶豫地伸手進去。

一定在這裡！一定！

我不停在心裡祈禱著，摸索著洞裡。

於是，指尖碰到了某個東西。那個手感正如我所料。

我小心翼翼地抓住那個東西，抽出手來。

「找到了，學長！你看！」

我高舉手裡抓住的那封「信」，信上以小小的字跡寫著「給　五十嵐學長」。

「一如……啊！」

這時候我才反應過來。

好高。

地面上的人群從紀念塔頂看來變得好小。

沙穗只憑藉著月光爬上了這麼高的地方。

沒有任何人守護著她，只有她獨自一人。

我的雙腳發抖了。

我現在必須帶著信從這裡爬下去。我，辦得到嗎？

此時一陣強風吹來，沙子吹進了眼睛。

「啊——！」

下一秒，我的腳下一滑，身子彷彿不是自己的，倒頭栽了下去。

我怎麼會這麼蠢啊。

我看著逐漸接近的地面，腦子裡只閃過這句話。連跑馬燈都不讓我看，人生的最後一刻怎麼會這麼枯燥乏味呢？

老師——

然後，我摔到了地面上。

照理說應該是這樣。

應該是這樣才對，但是地面出乎意料地柔軟溫暖。

「妳要多吃一點才行，太輕了。」

我戰戰兢兢地睜開眼睛，眼前看到的是老師的臉。

我被老師抱在懷裡。

「幸好趕上了。」

「老、老師……！」

「妳沒有犯任何錯，所以老天爺沒有給妳天譴。不管妳魯莽接近天空多少次，我都會接住妳……不過，必須等我有空，而且雙手空著的時候。」

「最後那句話是多餘的。」

這樣啊——說完，老師笑了。於是原本鴉雀無聲的操場上瞬間歡聲雷動。

我的手裡仍緊緊握著那封信。我不禁想要稱讚自己的手沒有放掉它。

「小雀！哇啊！我好擔心妳啊！」

柚方撥開人群現身，立刻撲進我的懷裡哇哇大哭。以倩兮女的裝扮大哭。

「小柚，妳變成哭女*註20了。」

「……哇啊！笨蛋！小雀妳不是人！妳這隻貓妖！」

*註20　哭女是相對於倩兮女的愛哭女妖怪。

「妳真是亂來。我在底下看著，心臟都快停了。」
桃花也快步跑了過來，她伸長身子摸摸我的頭。
「妳放心，沒有看到內褲。」
我感覺著還沒有平息的心跳，來到看著整件事情發生的五十嵐學長面前。
「太好了……如果連妳也發生和雨村學妹一樣的意外，我……」
我把信遞給抓著胸口的學長。
「學長給你。這就是名叫雨村沙穗的女孩她的想法。」
「信……」
學長以顫抖的手接過信，輕輕打開。
他沉默地讀著信，最後當場靜靜落淚。

*

「聽說妳昨天差點死掉，沒受傷真是太好了。」
明尾祭第二天。枯島先生下午出現在妖怪爵士咖啡館裡。
「我好久沒有一放學就直接回家，結果昨天我直接回家，馬上就睡著了。看來我的腦袋和身體都過度操勞了。」

在這種場合，枯島先生還是一如往常的和服打扮。要說很有他的風格也確實是如此。

不過話說回來，他的風格實在太適合妖怪爵士咖啡館了。

「真是可愛的貓妖，這麼一來我提供資料也值得了。」

枯島先生說完，摸摸我的頭。是的，老實說在班上決定開這家奇怪的咖啡館之後，協助提供妖怪相關資料的人不是別人，正是枯島先生。而且他還滿腔熱誠地替班上每位同學決定好各自的角色。

否則誰會選擇毛倡妓或天井下這些一般人不熟悉的妖怪呢？

「小雀，妳的精神似乎不錯。」

「我昨天睡很熟，而且早餐吃了好多好多，一般的花樣少女可不會吃那麼多喔！」

但是，原因不只是這樣。

聽說住院的沙穗今天早上恢復意識了。她還需要靜養幾天，不過無須擔心會有後遺症，所以我現在心情很好。

等到情況穩定了，我打算和桃花、柚方一起去看她。

「對了……話說回來……那個——」

見我突然開始吞吞吐吐，枯島先生露出賊笑。

「他今天也來了。」

枯島先生對於這類事情果然敏銳。

「他說因為昨天太過手忙腳亂，所以有東西忘了看。」

「有東西忘了看？結果老師抱怨了一大堆，明尾祭還是玩得很盡興嘛。」

無視緩慢移動的人潮，男子就這麼停下腳步。四周的高中女生和婦女們看著他看出神，彷彿在欣賞美麗的海市蜃樓。

在這間美術教室裡，社員們繪製的作品以恰好的間隔排列展示著。

男子，久堂面前擺著一幅絕對稱不上大的作品。

作品裡描繪一位坐在椅子上看書的男人背影。畫中幾乎沒有稱得上為顏色的顏色，只抹上少許柔和的乳白色。

作品的標題這樣寫著：

『日光，或者是令人安心的景色／花本雲雀．繪』

久堂揚起得意洋洋的惡魔笑容。

「哼，真是老套。」

與他的說詞背道而馳，他的語氣難得喜悅。

*

給　五十嵐學長

學長好，然後是初次見面。

其實我們之前就見過面，不過若是站在學長的角度來看的話，我想一定是「初次見面」比較正確。

我現在也不清楚自己突然提這種事是在做什麼？不，應該說我感到雀躍。總之我處於難以形容的精神狀態。

請別吃驚。我剛才跟著學長在半夜裡偷偷潛入了學校，當然是獨自一個人。

我在樓梯平台處藉著月光寫下這封信，所以字跡或許有些凌亂，還請見諒。

不過，做出這種行為，其實連我也覺得很不像是我會做的事。如果有一間房間叫做「日常」的話，我的感覺就像是自己打開了一扇不曾打開的門來到門外。這個稱為中邪嗎？

我不自覺動了動身體。嘿，這感覺就和在沙坑裡玩一樣吧？明知道會弄壞努力做好的沙堆山，還是隨著那股衝動狠狠踩上去。嗯？好像有點不同？我舉的例子很糟吧？

回歸正題，老實說，我知道五十嵐學長和瀨野學長的計畫，我知道你們打算在樓頂搭建紀念塔，並且在明天早上讓全校師生大吃一驚。我會知道真的只是偶然，因為上禮拜三放學後，我在圖書室角落滿是灰塵的書櫃間聽到你們兩人的對話。我知道你們瞞著老師偷偷進行計畫，也知道你們決定在今晚完成。聽到那些內容後，我每天都興奮到夜不成眠。同時，我每天晚上也都在想，自己為什麼沒有辦法冷靜？

是因為我知道身為明尾祭執行委員長的學長打算執行那麼荒唐的計畫嗎？是因為我偶然聽到整個計畫，便自認為與你們擁有共同的祕密、就像夥伴一樣嗎？

我找不出確切的答案。

能夠說的只有一點，那就是——我不僅在半夜裡待在校舍後面等著學長到來，還跟著學長進入校舍，這些舉動絕對不是想要阻止或干擾學長們的計畫。

說實話，我一開始也想過要設法說服你們取消計畫。不過仔細考慮過後，我發現自己並沒有立場出面。

為了避免誤會，我把話先說在前頭，我沒有打算告訴學長我知道計畫並且想要幫忙。女生加入男生正在做的事情，一定很掃興吧？

我猜學長們為了明天的展示，現在正在樓頂上組裝紀念塔吧。

至少你讓瀨野學長相信是這樣，對吧？

但是，五十嵐學長你另有目的——我是這麼認為的。

我開始有這種想法，是因為我總覺得有些不對勁。去年明尾祭上倒塌的紀念塔害學長的妹妹受了重傷，學長卻想要打破傳統，在明尾祭之前盛大展示那座紀念塔，未免太奇怪了。

會不會是學長打算在今年讓紀念塔及紀念塔製作這些例行活動消失呢？今天這樁計畫事實上也沒有報告老師，在樓頂上搭建紀念塔就是廢止紀念塔的導火線。這該不會才是學長的目的吧？——我是這麼想的。

仔細想想，學長在很早的階段就自願擔任執行委員，並且反對刪減紀念塔的預算，對吧？這些舉動都是為了避免紀念塔透過自我反省、自我約束的形式消失，對吧？

當然這一切只是我的想像，如果錯了還請見諒。

但是想到這裡，我更不打算阻止學長想做的事。

去年的意外我十分清楚。不僅如此，我當時就站在傷者附近。

其實我就在倒下的紀念塔旁邊。說得更精確一點，紀念塔倒下時，本來應該會壓到我，但我卻毫髮無傷。因為在千鈞一髮之際，有人從背後把我推開、救了我。

五十嵐學長，那個人就是你。

我想學長一定忘了。畢竟事情發生在一瞬間，而且意外發生後，四周騷動不已，更重要的是學長一定整個腦子裡都在想著受傷的妹妹。

是的，那位代替我流血的妹妹……

對不起。我打開走廊上的窗戶，稍微吹了一下晚風。我繼續寫下去。

自從那天之後，學長與那起意外的強烈記憶同時烙印在我心上。

學長，你當時為什麼要救我？不，這麼問太過分了，對吧？我想學長救我一定是因為身體自然的反射動作，自然而然就幫助了眼前的人，我想你就是這樣的人。

因此，我想我喜歡上學長你了。我的視線開始再也無法離開你。

好不容易啊！繞了那麼遠，終於進入正題了！我這個人真的是，究竟有多膽小呢？

請容我再寫一次。

學長，我喜歡你。

其實今晚我原本只是打算直接告訴你這些話。

但是，今天瀨野學長也在場，而我跟著你來到這裡，情緒也冷靜了下來，所以我寫下這封你不會讀到也不會收到的信，藉此安撫我的心情。我真的很膽小。

不過這樣的我能夠撒謊騙父母親、跑出家門來到這裡，我真的覺得自己很厲害。我想既然沒有人會稱讚我，至少我必須稱讚我自己一下。

再度說聲抱歉。我聽見學長們下樓來的聲音，所以連忙躲進廁所裡了。

夜晚待在學校裡卻不覺得恐怖，是不是因為我在寫信的關係呢？

在夜晚的學校裡，並沒有看到我痛苦難過就開心歡笑的同學，反而讓我感覺安適。

對了，我現在來到樓頂上寫這封信。當然是一邊欣賞你們兩人搭建的紀念塔一邊寫信。

我嚇了一跳。這個紀念塔的高度彷彿可以直達天際，就和巴別塔一樣。

學長，如同我信的開頭提到，我現在的心情十分難以形容，所以你聽了之後別嚇到。

我，想去爬這座塔。

連我自己也不敢相信。我從小就不擅長爬樹，還被大家當傻瓜取笑，這樣子的我居然在認真考慮爬上紀念塔。

可是我無論如何都想看看塔上看到的風景。

所以即使害怕，我仍試著去爬。既然月光很美，學校裡沒有半個人在，稍微做點不像我自己會做的事情，也無所謂吧？

學長差不多已經到家了吧？我想，從塔上一定能夠看見學長家（其實我之前有寫過許多次信，想要投進學長家的信箱裡，卻始終無法鼓起勇氣）。

如果看見你的房間點起燈，我或許會不禁哭著向你招手。儘管我知道做這種事情一點意義也沒有。

啊，我決定了。我要把這封信藏在那顆大心裡頭，讓信跟著紀念塔在最後一刻一起燒掉。這樣最好。

如果待會兒我太蠢從上面摔下來的話，我想那就是老天爺要給我的懲罰（X），懲罰我居然考慮封印對學長的心情並且把它化成灰燼。

好了，再繼續沒完沒了地寫下去也於事無補，我差不多該擱筆了。

那麼，不好意思，我上去一下。

雨村沙穗　留

*

明尾祭順利結束。

紀念塔很輕易地就被火焰包圍，火花像螢火蟲一樣高高飛舞在黃昏的天空中。

「我想去一趟醫院，做些能夠為她做的事。我想要以她期望的形式贖罪。」

五十嵐學長這麼說完，沒有參加閉幕典禮就離開學校了。

接下來是他們兩人的問題。他們應該會直接表露彼此的心情，然後順其自然吧。

我搭著東京都電車在一如往常的車站下車，走在人行道上專注思考。這時，老師從一家書店探出頭來。

「怎麼，妳現在才回來嗎？路上雖然有街燈，可是女孩子獨自走在夜路上不太安全吧。」

「有什麼辦法，因為活動閉幕之後還要收拾嘛。再說，留下我、自己先回來的，不就是老師你嗎？」

「我很忙。」

「忙著欺負我和喝咖啡。」

「廢話少……不，算了，今天就放過妳，姑且留妳一條命。」

「不管是哪一天都不可以取別人的性命。」

「更重要的是，現在到我家來。」

老師難得強勢地握住我的手。

「發、發生什麼事了？」

我的心跳加速開口問道。老師說：

「我整整兩天都沒有好好喝一杯咖啡。現在立刻回家煮給我喝，我手上還有工作。」

也不等我回答，老師就拉著我的手快步往前走。

對了，他只在學校喝了即溶咖啡，而我昨天也沒去老師家。

他一直沒喝咖啡在等我。

「因為老師不可以喝除了我之外的人煮的咖啡。」

我在他身後喃喃自語，不過老師似乎沒聽見。

我們要過馬路到對面去，所以好一會兒一起等著車流通過的空檔。

「對了，」等待的時候，老師開口：「妳在紀念塔上找到的那封信，一定寫著很辛辣的內容吧。否則那個叫五十嵐還是什麼的傢伙不會拋開羞恥、不顧面子地落淚。看到他那個樣子還真是愉快呀！」

我的雙眼睜得像彈珠一樣看著老師，也沒有力氣遮住張大的嘴巴。

「真、真是不敢相信！老師，你什麼都不懂吧！真惡劣！」

「妳說什麼！」

「我說你一點也不懂少女心的微妙變化！就是這樣你的書才會賣不好！」

「妳這個妖怪咖啡豆娘居然敢說這種話！」

「有意見嗎？那是什麼怪稱呼！」

「好了，要過去了！」

老師以不悅的聲音說完，使力拉著我過馬路，彷彿我們正要渡過又深又廣的河川似的。

和煦的風吹動路樹葉子。

老師在左邊，我在右邊。我們一如往常並肩前行。

好吧，今天就為他煮一杯超級好喝的咖啡吧。

「女孩子會那麼用心寫信的原因只有一個呀。」

「……嗯，我知道了——」

「老師，那是不用人家提醒也該知道的事情啦！」

偵探打發時間遊戲

女學生偵探與古怪作家

女學生偵探系列一

〇月×日。

這一天，花本雲雀在生氣。

對於老師生氣，也對於這個國家的教育體系生氣——

如果我是小說家的話，應該會這樣描寫我的心情吧。

今天學校有現代國文課。無論是哪一個科目，上課時教室裡大致上都會瀰漫著幾分懶洋洋的氣氛，沒有發生什麼特別引人注目的事情就下課了。然後學生們如常乖乖敬禮、如常乖乖地坐下，老師也一如往常地收拾好教材，準備離開教室。

於是，我快步走到前面叫住老師，然後對緩緩轉過身來的老師這樣問道：

「為什麼課本裡沒有推理小說或偵探小說的作品呢？」

接著那位老師，也就是擔任現代國文課的東岸老師，露出一臉困惑的表情，就像蛞蝓突然被撒了七味辣椒粉一樣困惑，接著他不耐煩地搔搔頭。他的年紀大約三十五歲，大概早已失去當老師之初的熱情吧，臉上的表情很明顯是不喜歡學生拿上課內容以外的事情來找麻煩。

同學們已經紛紛收起課本、離開座位、開始閒聊，沒人關注我和東岸老師的對話。

「我認為推理小說中也有許多美麗的作品、廣受讀者愛戴並持續閱讀至今的作品。所以為什麼呢？」

這是我從小就有的疑問。我當然也喜歡文筆流暢、巧妙描寫內心的文學作品，也喜歡簡潔愉快的詞彙編織而成的美好詩句。應該學習的東西有很多，但是為什麼課本裡幾乎可說完全沒有推理小說呢？

「……問我為什麼，我說啊，這樣會很困擾吧？」

東岸老師說話時習慣把句子切成一小段一小段。在我聽來他大概是邊說話邊思考原因。

「誰很困擾？」

「學生和老師啊。課本裡為什麼要放上過去的知名小說、詩或短文？是為了讓我們從中學習吧？是為了訓練我們從主角的心路歷程中讀出真正的意思，或是學習日語的文字組成和奧妙吧？國文課本的用意就是如此。課本裡如果出現推理小說或偵探小說的話，我說啊，也很困擾吧？」

「您的意思是我們無法從推理小說中學到任何東西嗎？」

「因為我說啊，那是娛樂啊，大眾娛樂，是讓孩子閱讀之後樂在其中的東西。那是一種遊戲，問讀者犯人是誰，讓讀者一邊猜測答案一邊往下閱讀的遊戲。角色的出現是為了被殺死，故事本身的發展是為了解開詭計。作品將細微的心路歷程置諸於腦後，也沒有深入探究人類或歷史，這種玩意兒能夠讓妳學到什麼？」

一瞬間，我感覺教室的喧鬧聲突然變得遙遠，熊熊燃燒的怒意湧上心頭。他說話時會頻頻說

「我說啊」的習慣平常不是那麼嚴重，現在聽來卻格外教人厭惡。

「基本上我說啊，列入課本裡的作品大致上會精挑細選出重點吧。只擷取推理小說的部分內容擺在課本裡又有什麼用呢？也無從得知犯人是誰吧？考試如果考出『請由底下的摘要內容找出犯人』，豈不頭痛？」

「恕我冒犯，但看樣子東岸老師您不曾好好讀過推理小說吧？」

我說話變得有點大聲。

「妳說什麼？」

東岸老師也放大音量與我對峙。

這時候教室裡的同學似乎注意到異狀，像驟雨停止般停下各自的閒聊。

「您的意思是，推理小說全都是『謎團』，沒有心路歷程或主題或其他內容，是這樣嗎？」

「啊、嗯，就是那樣。再加上文筆表現和內容多半是不入流的東西。當作賣點的詭計在現實生活中想來也多半是不可能發生的情況，只會笑死人！」

「才沒有那回事！」

「如果要我來說的話，推理作家都是個性有問題的人，只喜歡惡作劇或詭異的嗜好！」

「喂，快把你剛才說的話收回去！」

「雲雀，來幫我摘花！」

我對眼前的老師講話很不客氣，絲毫沒有顧慮到後果，桃花卻突然強行抓住我的手臂，順勢把我拖到走廊去，不讓我多說半句話。

「感謝老師的指導。」

她快速向我身後的東岸老師道謝後，推著我的背往前走。不愧是柔道社，她的力氣很大，不管我如何用力想站穩雙腳，都會被她輕而易舉地推動。結果我被抓進了廁所裡。

「小桃，妳為什麼要阻攔我！妳那麼討厭被人稱為明尾高中的迷你哥吉拉嗎？」

「還問我為什麼，妳這個傻子！妳跟老師怒目而視打算要說什麼？然後哥吉拉的事情我等一下再好好盤問妳！」

「我那是……為了維護所有偵探和推理作家的名譽，挺身而出討伐敵人！」

「別挑安和樂利的下課休息時間在教室裡討伐敵人。」

「可是……可是……」

我不甘心也很難過。一想到連現代國文老師對於推理小說的認知都是如此，我就無法忍受。我最愛的那部作品還有這部作品，全都是幼稚且不必要的東西嗎？

「……我一直在妳背後聽著，所以我也聽到了。那是東岸的說話方式有問題，那不是一個應該成為學生典範的老師該有的樣子。那傢伙再那樣下去註定要光棍一輩子，至少也會跟他的名字一樣過著無趣的人生。」

「小桃……」

「呃，所以妳快打起精神來吧。」

說完，她難為情地扯扯我的辮子。

「小桃真有男子氣概，明明個子這麼嬌小。」

「吵死了！我告訴妳，妳的個子也偏小啊！還有胸部也是！」

「可惡！小桃真惡毒！」

我一直很介意！很介意！

「後來小桃就順勢抓住我，給了我一記漂亮的過肩摔。」

「有趣有趣。」

這些事情讓我生氣，於是我跑到推理作家久堂老師家，在他面前熱烈闡述今天發生的事情。

我氣死了。不，此刻也仍然很生氣。不是因為胸部，而是包括學校老師在內的一般人，對於推理小說的認知與看待方式。絕對不是因為胸部。

可是我拚命想要表達這種憤慨和不甘心，老師從剛才卻只是不斷說著：「有趣有趣。」他正深深坐進書房的沙發裡，高高蹺起腳，品嚐我煮的咖啡。

「你有聽到我說的話嗎？推理小說就是這樣才會被瞧不起！你不覺得很過分嗎？」

「學校老師說得沒錯啊。」

「噗欸？」

我沒料到久堂老師會說這種話，不小心發出狗兒說夢話的聲音。

「推理小說實際上就是一種娛樂，也多半為了安排謎團而省略心路歷程的描寫。許多作品的主題也的確如一般所云的不入流，這點他也沒說錯。」

「你、你怎麼這麼說！」

我還以為他這次一定會支持我，沒想到完全猜錯。我重重垮下肩膀。自己賴以維生的工作遭人這樣輕視，老師不覺得不甘心嗎？

「妳別誤會了。我寫作不是為了得到那些憑藉打擊他人作品博取名聲的評論家，或是那個名叫冬瓜什麼的現代國文老師稱讚。聽到那群傢伙搓著手說：『您的作品無論翻到哪一頁都十分健康無害，這種作品才有資格給背負日本未來的年輕人閱讀！』云云，只會讓人感到害怕而已。不會產生任何毒害、清純透明的推理小說有什麼存在價值？妳說說看啊這個絲瓜頭。」

「現代國文老師的名字不叫冬瓜，我也不是絲瓜頭。」

「哦，怎麼，臉頰鼓得像百貨公司的宣傳氣球一樣用力，這樣看來就只是普通的西瓜了。妳乾脆繼續鼓著臉，然後朝銀座飛去吧。」

一點愛都沒有！小桃的毒舌裡至少還帶著對我的愛，可是這個人的話裡一點愛也沒有！

「推理小說不是為了讓人放進玻璃櫃裡稱讚：『這真是一部高雅的作品呢。』而是為了讓青春期少年壓抑愧疚的心情，在三更半夜裡挑燈夜戰而存在。讓少年記住心跳加速的感覺正是推理小說的目的，黑暗的歡愉才是推理小說的樂趣。」

沒打草稿就能夠說出這番長篇大論的大道理，也真是了不起。

「如果只是希望得到認為自己崇高又偉大的那群傢伙稱讚，乖乖去寫文學作品即可。那群人無法批判人類的愛、歧視、戰爭等人類永遠必須面對的問題，所以以這些為主軸即可。我寫小說不是為了人類的問題，只是為了故事，我要寫出能夠在讀者心上，而且是沒有任何人接觸過的柔軟肌膚上，留下強烈傷痕的故事。我不需要『崇高的人類問題』等免死金牌。能夠打動讀者的唯有尚未被人提及的故事，這樣的故事才能夠拯救讀者的心靈。」

沒救了。這個人無法溝通，我甚至連一點邊也沾不上。還以為能夠讓這位桀驁不遜的推理作家久堂蓮真明白我心裡的不甘心與悲傷，我錯了。

這個人只專注在編織自己的故事，根本不在乎世人的評價或常識，他根本無所謂怎樣做會暢銷、怎樣做能夠得到好評價，他只抱持自己那套理論寫推理小說，推理作品該不該納入學校課本等等問題，比起在地球另一側發生的貓打架的插曲更無關緊要。

「比方說，法國菜的套餐裡如果出現味噌湯，多數人也不會喜歡。可是他們不喜歡的原因不是因為味噌湯很難喝。味噌湯很好喝。」

「的確好喝！」

「是的，味噌湯好喝。不過妳煮的味噌湯就是淡了點！」

「那件事情與現在的討論無關！」

「也就是說，不管有多好喝，只要出現的時機和場合不對，人們就不會感到高興。硬是勉強出現在莫名其妙的地方，也不是什麼好事。」

我當然也不是在意課本裡是否要納入推理作品，讓我更生氣的是學校老師認為推理小說只是娛樂，學不到任何東西。

「我不允許他們輕視推理小說、視之為荒誕無稽且誇大不實。難道我過去感受到的感動和驚嘆全都是低俗的東西嗎？」

不可能——我寧可如此相信。

「低俗與否，定義終將會隨著時代改變。更重要的是，妳解釋一下誇大不實為什麼不行？談夢境的內容有什麼不好？是誰規定無論在何時、哪種場合都是現實事物比較好？」

「那、那是……」

老師離開沙發起身，開始在書房裡踱步。他或許是看到我一時說不出話來而覺得有趣吧。

「妳認為現實的內容永遠比較正確且值得尊崇，當有人認為推理小說沒有好好描寫活在現實裡的人而視之為低俗時，妳為此感到氣憤。可是勉強讓誇大不實的內容接近真實，只會讓內容變得索然無味。枉費我們這些作家日以繼夜用心撰寫誇大不實的內容，好讓讀者看見現實世界不讓我們看見的事物。」

老師說完，倚著書桌，望著一整面牆的書櫃，視線彷彿正看著遠方。

「術業有專攻，爭執孰優孰劣沒有意義。」

「老師，沒考慮過這些因素的人們即使給你不合理的過低評價，你也不在乎嗎？」

「我剛才也說過了。低俗與否的定義會隨著時代改變，不需要對於一時的評價大喜大悲。」

「……老師，其他人不認同你，你也無所謂嗎？」

「我並非是希望別人稱讚創作出作品的我，只是希望別人不會忘記我創作出來的作品，這樣就夠了。」

說完，老師的視線突然看向書桌的抽屜，抽屜裡裝著新作品的稿子。我因為他看向抽屜而心跳加速，背後滿是汗水。

「老師，說了這麼多話，你一定口渴了吧？要不要喝咖啡——」

老師突然連忙離開書桌，快動作打開抽屜拿出自己寫的稿子。

「怎麼了嗎？」

我問他，他沒有回答。最後老師的肩膀開始顫抖。

「老、老師？」

我戰戰兢兢地湊過去一看，老師臉上的表情宛如手法詭異的連續殺人犯一樣可怕。這張臉讓人不禁覺得，他平常那些不悅的表情相較之下已經算是慈悲的聖人了。我難得見老師如此憤怒。

「我……受不了了！」

老師好不容易擠出這句話，將成疊的厚重稿紙咚地摔在書桌上，便大步走出書房。

我看到稿紙變得破破爛爛。

這到底是怎麼一回事——？

我完全沒料到事情會演變成這樣。

*

話還沒說完，老師就拋下我離開，我孤零零地留在原地站了一會兒也不知道該怎麼辦。遲遲不見老師回來，於是我決定去找他。

我離開書房來到走廊上，依序看看右手邊相鄰的兩間房間，卻沒有找到老師。

「老師，你在哪裡？也不在這裡……啊！難道在洗澡？」

「妳的腦漿是萩餅做的嗎？我為什麼要突然跑去洗澡？」

「哇啊！」

說完，老師突然從廚房現身。餐桌上擺著好幾種調味料和未包裝的蔬菜。這間廚房雖然不算寬敞，不過餐具、烹調用具、食材都擺在方便好取的位置上。所謂的方便好取主要是對我而言。

「我們正在講重要的事情，講到一半你卻突然不見人影……到底怎麼了？啊，老師穿著圍裙。好厲害！居然能夠這麼不適合你！」

只見老師在平常的服裝外頭套著簡單的圍裙，手裡捧著研磨盆。

「老師會出現在廚房裡還真是罕見。你明明平常絕對不做菜，即使快要餓死也不願意做。」

這裡的調味料幾乎都是我準備的。久堂老師從以前就不曾做過菜，做菜這種行為就像企鵝不打毛線一樣，絕對不可能發生在他身上。而且如果放著他不管，還必須擔心他會直接吃掉調味料，所以只要老師出現在廚房裡，我總得盯著他。然而老師現在卻穿著圍裙出現在這兒，這到底是怎麼回事？

「那個是……？」

我湊近看向老師懷中研磨盆的內容物。裡面裝著似乎是綠色和紫色混合而成、顏色可怕的神祕粉末。

「老師你真是的……受不了的話，直接告訴我就好了啊。」

我懷抱幾分雀躍的心情，從制服口袋拿出一小包東西給他。

事實上今天到老師家裡來之後，我就一直在偷偷找尋交給他的適當時機。

這一天，花本雲雀很雀躍。

不曉得有沒有做成功呢？——她心想。

如果我是小說家的話，應該會這樣描寫我當時的心情吧。

現代國文課的下一堂是家政課。

被桃花過肩摔之後，我連忙換教室去做餅乾。剛吃了一記過肩摔，身體有點負荷不了餅乾製作的流程，不過和大家一起做餅乾真的很開心。接著，在少女之間理所當然地出現「妳的手工餅乾要做給誰？」等的對話。

「小雀要做給誰？說嘛，快說！哇，害羞了，那張臉好嚇人！」

「咿！饒了我吧！」

就這樣，儘管同班同學溝呂木柚方不斷逼問，我直到最後還是沒有招供，不過如果有知情的人看到我的餅乾製作過程，我想答案立刻就會被揭穿。

因為我加入了許多磨碎的咖啡豆用來提味。

雖然四周所有人都叫我不要加、雖然大家都問我是清醒的嗎？

「因為所以這是特製的雲雀餅乾，給你！」

「這是什麼？」

「我剛剛不是說了是餅乾嗎？」

老師注視著我的視線，就像在浴室角落發現了陌生的蟲子。我原本打算帶著燦爛的笑容把餅乾交給他。

「為什麼現在要給我這種東西？」

「還問我為什麼？老師你不是肚子餓了嗎？你不是因為受不了突如其來的肚子餓，所以動手做菜？既然這樣，我想用這個雲雀餅乾果腹剛剛好！喂！你的表情為什麼像是煩惱又增加了？為什麼痛苦閉起雙眼？這是餅乾喲！」

我在老師面前蹦蹦跳起，拚命強調餅乾的存在感，卻沒有達到效果，老師甚至還把研磨盆擺到我頭上。

「別亂跳。我沒有肚子餓，而且這也不是料理，這是誘餌。」

「誘餌？」

「我先說清楚，這不是給妳吃的誘餌，別把手伸進去！真是糟糕的傢伙。」

「我哪有伸手！別說得好像我一聽到誘餌就想吃！」

我受不了老師像在寫小說一樣左右我的行動。

「不過仔細想想，這東西或許正好可以派上用場。」

「你果然想吃了吧？呵呵呵，我可以讓你咬一口。」

嘿嘿來拿啊——我半帶捉弄的態度對著老師揮舞那包餅乾，老師以我沒有料到的認真眼神收下我的餅乾。

「雲雀，這個剛剛好！我正在擔心似乎少了什麼。謝了！」

「用、用不著道謝……老師太誇張了啦。不過，你收到餅乾這麼開心——」

「正好派上用場。」

老師說著，就把那包餅乾一股腦兒全倒進研磨盆裡。

「啊。」

是的，他毫不猶豫的態度，彷彿我們早就說好要這樣使用那包餅乾。

接著老師將那些顏色可怕的神祕粉末和我做的可愛手工餅乾磨碎混合，最後加入一點點水揉成丸子狀。那些餅乾早已不再具有餅乾的外型了。該怎麼形容呢？就像是悲慘的河底淤泥？

哎呀？真是奇怪。我明明每天都在學校上國文課，明明讀了那麼多書，面對眼前的景象時，卻說不出半句話形容。

「呼，完成了！」

「完成——個大頭鬼啦！你對我的餅乾做了什麼？太過分了？人家很努力才做出來的欸！人家很用心揉麵團欸！」

「這裡，還有這裡——再來是這裡。」

「別假裝沒聽見！」

老師將那些小丸子一顆顆放置在廚房角落的地上。

「再來是書房。」

老師對於我的抗議絲毫不以為意，拿著剩下的丸子回到書房去。一個女生用心製作的餅乾，才幾秒鐘的時間就成了河底泥丸子——我帶著悲傷，搖搖晃晃地跟在老師身後。

老師在書房地上也跟在廚房裡一樣，四處擺放丸子。

「老師，這到底是什麼魔法？」

也許是咒語，咒語比較有可能。

「我不是說了是誘餌嗎？這幾天我因為老鼠的問題很頭痛，已經沒辦法再忍受了。」

「老鼠？」

「看到這份稿子的慘狀不難明白吧！」

老師指著桌上那份破爛的稿子。我又看了一次，終於搞懂了。

「啊啊，原來那是老鼠咬的啊！」

「我剛才看到書桌抽屜開了一條縫，老鼠大概是從那兒鑽進去。」

這個破爛模樣的確不像是被人撕破，感覺應該是被小動物咬破。

「所以你拿我的餅乾做成誘餌，就是為了引出老鼠嗎！」

「這可不是普通的誘餌，是加了麻醉藥的特製誘餌！臭老鼠，如果只是咬桌腳的話，我還會放過你們，可是既然都對我的稿子動了手，我自然饒不了你們。看我把你們一家七代通通趕走！讓你們後悔生為老鼠！哈哈哈哈！」

我明白了。只要重要的稿子被毀掉，按照老師的個性，不管對方是老鼠還是國家組織，他都會使出全力報復。雖說他這舉動在旁人眼裡看來一點也不成熟。

很難想像這個人剛才還一臉清高地闡述故事能夠拯救讀者的心靈云云。

「我不會立刻給牠們死，我要趁著老鼠被麻醉時活捉牠們，把牠們一隻隻擺在砧板上，當著牠們的愛人面前耗費十二個小時活活剝下牠們的鼠皮。最後我還要這麼說：『快點在愛人的面前喵喵叫，快拋棄老鼠的尊嚴學貓叫吧！』」

「夠了！」

「咳咳！妳這傢伙……居然用妳的腦袋撞我的心窩……」

我挺身撞過去暫且讓老師住嘴，不過既然稿子被咬破，就不可能無視老鼠的問題。如果老鼠吃到誘餌，我就偷偷幫助牠們逃走吧。不對，這樣做無法解決問題……

「嘿，你們今天比平常更熱鬧呢。」

當我正在沉思時，枯島先生抱著一個包袱走進來。

「我聽到你們兩人的聲音，就擅自進來了。」

「聽我說，枯島先生，老師真的是令人傻眼的壞蛋。」

「該說那句話的人是我吧，妳這小鬼！」

「好了好了，先別說那個了，學長，你還有一位客人喔。」

我這才發現枯島先生身後還有一位身材修長的男子歉疚地站在那兒，他身上穿著一整套的西裝，不過布料有點皺。

「怎麼，原來是你啊。」

一看到那位男子，剛才還按著心窩跪倒在地的老師連忙挺直身子，擺出自命不凡的態度。

「現在不是說『怎麼』的時候了。老師，我依約前來取稿子了。」

「矢集先生，你好！」

我對他也很熟悉。他是久堂老師的責任編輯，名叫矢集真幸，二十五歲，重考了幾次後總算考上大學，去年剛畢業卻找不到工作，四處遊蕩時被現在這家出版社的總編輯收留。據說他在上班第一天跟同事們打招呼時，笑著說：

「關於出版工作我什麼都不懂，不過我會加油！」

不曉得是否因為這句話的關係，他進入公司第一年就被拔擢負責惡名昭彰的變態作家久堂蓮

真，從此開啟了他頭痛不已的生活，他總是為了稿子的事情焦慮到快要胃穿孔。久堂老師老是假借收集資料之名，把他耍得團團轉，或是為了打發時間而踐踏他。他卻毫不畏懼，依舊經常造訪老師家。大概就是因為這樣——

「我總覺得你不是外人……」

「了解我辛苦的人就只有雲雀小姐了！」

矢集先生是個十分溫柔的人，與他需要仰望的身高及端正的長相不太搭調，就連喝咖啡也要加很多糖才能入口。不過我的咖啡砂糖用量也不輸他。

喜歡甜甜咖啡的我們，自組久堂蓮真受害者互助會，每次在老師家裡巧遇時，總會互相報告老師對我們做了哪些過分的事情。

「那個受害者互助會根本充滿惡意，我助你們一臂之力幫忙解散吧？」

因為這樣，所以只要我和矢集先生在聊天，老師就會心情不好。明明原因出在他自己平常那些旁若無人的舉動，現在卻說這種話。

「然後，老師……稿子呢？」

矢集先生彷彿在觀察猛獸的心情如何，戰戰兢兢地發問。「拿去。」老師把被老鼠咬得破破爛爛的稿子交給他。

「……這是什麼？從哪個古代遺跡挖出來的文獻嗎？」

他來回看看稿子和老師，還不明白眼前是什麼狀況。

「這是你要的稿子，拿去吧。」

看來那個被老鼠咬破的稿子正是今天要交給矢集先生的東西，怪不得老師早先會那麼生氣。

「請問，這稿子破爛到無法閱讀……這是要叫我挑戰破解老師的推理新作嗎？」

「答案就在老鼠的肚子裡。牠們就在家裡的某處，想要閱讀所有內容，就找出牠們、讓牠們吐出答案來。」

「這意思……也就是說……」

「被老鼠吃了。」

「您是否願意重寫……」

「不要。」

「嗚嗚……」

「啊啊，矢集先生哭了啦。」

我想不出安慰的話，光是看到他那個樣子就好心痛。

「好了好了，矢集老弟，你先坐下吧。」我正不知該如何是好時，枯島先生已經先開口柔聲要他入座了。

「別擔心，學長如果真心不打算重寫的話，他早就把你踢出門了。他還願意聽你說話，表示他有意重新寫過。」

枯島先生的安慰方式讓人放鬆又切題。我也順勢幫腔：

「我去煮咖啡吧！我會幫你加很多很多的糖！」

收到來自左右兩側的濃濃安慰，矢集先生頻頻道謝並拭淚。老師以厭惡的眼神看著我們，彷彿看到鼠婦蟲在產卵。

「哎呀，老師！你別那麼壞心眼，快點幫矢集先生重新把稿子寫好吧。遇到這種情況，你更應該展現專業作家的實力，就算是勉強自己也必須加油！」

「勉強加油？」

我這麼說的原意是想替他打氣，老師卻對意想不到的地方有意見。

「真不像話。基本上勉強和加油的意思不一樣。妳別以為用那種不精確的說詞就能夠打動一位作家！」

「你又要強詞奪理了嗎？都已經這種時候了……」

「假設現在眼前有一塊相當沉重的岩石——」

啊啊，他又開始說起莫名其妙的比喻了。很顯然他就是在強詞奪理，想要轉移話題，都怪我多嘴。

「妳必須將這塊岩石搬到其他地方去。好，妳要怎麼做？」

「呃……加油使出全力搬起岩石。」

我姑且在腦子裡想像一顆沉甸甸的岩石後回答，於是老師露出捉弄人的表情敲我的腦袋。

「那種舉動稱不上是加油，只能算是勉強而已。」

「那麼加油是什麼情況呢？」

「每天鍛鍊身體、提升體力和肌力，直到能夠抬起岩石，這個才叫做為了達到目標而加油，也就是努力。」

這道理我似乎也能明白。

「這真不像是老師會說的話。」

「當然還有其他方法。比方說，準備工具利用槓桿原理搬動岩石，或是存錢僱用業者撤離岩石。這些也屬於努力的一環，亦即動腦思考各種方法。」

「最後還是用錢解決嗎……」

「只要能夠搬走岩石，什麼方法都好。」

這時我想到一件事。我有一種感覺，老師提出這些事情，似乎不是為了轉移話題，而是想要誘導我。

動腦搬走不動如山的岩石。這裡所謂的「岩石」該不會是——

都已經想到了這裡，我卻反而這樣說：

「老師，你別因為不想重寫稿子就轉移話題。」

「轉移話題？妳在說什麼？不過我的確不願意再寫一次稿子。恕我拒絕。」

要開口唯有趁現在了。

「這樣嗎這樣嗎？你無論如何都不想做白工重寫，是吧？既然如此和我決鬥吧？」

「妳是說決鬥？」

上鉤了！

「是的。如果我贏了，請你乖乖把稿子重新寫好，交給矢集先生。」

「雲雀小姐！妳是女神！女神偵探！」

身後傳來矢集先生喜悅的歡呼聲。他的稱讚令我有些難為情，不過再這樣下去，他未免太可憐了，而且我想我也有立場必須做點什麼。

「如何，老師？難道大作家久堂老師害怕輸給小女孩，打算不戰而逃嗎？應該不會吧？」

啊啊，我這樣挑釁雖然是為了引誘他加入決鬥，不過說完這番話之後，接下來會很可怕接下來會很可怕接下來會很可怕！

「妳這小傢伙，我對妳好，妳就得寸進尺了嗎……？看我好好重新教育妳一番，讓妳知道是誰准許妳用雙腳走路的。」

啊啊，他真的生氣了。事情到了這個地步，我也只能夠硬著頭皮繼續下去了。

「如果我輸了，我會重寫稿子。反之如果是妳輸了，我要妳接受懲罰。」
我心想，你寫稿子是工作又不是懲罰，不過還是別挑現在反駁比較好。老師手抵著下顎，愉快地思考著要如何懲罰我。我看著他，心境就像等待著主人朝自己揮下鞭子的奴隸。
老師宛如是擁有人類模樣的「殘酷」化身，我不可能知道他會提出多麼殘忍的要求。
我不禁往後一看，發現矢集先生也和我一樣，神色緊張地等待老師開口，他的表情彷彿胃被緊緊揪住的幼犬。枯島先生則是自行從書櫃上拿出一本書開始閱讀，臉上的表情寫著——等這場混亂解決了之後再叫我。
「好。」最後，老師輕輕點了點頭，這樣說：
「那麼，如果妳輸了，就要卸下偵探的招牌。」
——再說一次？
老師嘴裡說出的這句話，完全出乎我的意料之外。
卸下偵探的招牌？
這就是老師想要給我的懲罰？
我很好奇這麼做有什麼意義，不過更重要的是——
「呃，我沒有掛什麼偵探招牌喔？」

必須先釐清這個最根本的問題。

「事到如今妳還這麼說。妳經常拿出我書櫃上的偵探小說閱讀，憧憬明智小五郎，身邊一有事情發生，也不顧我的阻止就一股腦兒地插手管事。我說錯了嗎！這種行為等於妳已經掛起偵探招牌，等於妳是一名門外漢偵探了。」

「呃……」

他說得沒錯。

「但、但是我不曾自稱偵探啊！」

「是啊，或許是吧。妳不是職業偵探，只是在日常生活中扮演偵探的角色，也就是門外漢偵探。這樣的角色不需要自稱，旁人如果定義妳是偵探，妳就是個偵探。從這一點來看的話，妳早已走上門外漢偵探之路了。」

雖說實力與一般人沒有兩樣，有時甚至更差——老師補充完這句話之後冷哼一聲。

「我明白你想說的意思，可是……就算如此，你為什麼要我把偵探招牌拿下來？」

「哼，妳問問自己的胸口吧。」

自己的胸口……？胸……

「請別提到胸！」

害我再度想起傷心事。

「請問，你們要採取什麼方式決鬥呢……？」

一直靜靜看著我和老師針鋒相對的矢集先生，稍微舉起手。這麼說來，我們尚未決定決鬥的內容。

於是，老師旋即這麼說：

「找書。」

「……找書？」

我不禁仰望老師背後成排的書櫃。書櫃裡整齊擺放著古今中外所有……其實有點偏向特定類型的書籍。

「待會兒我會給妳三條線索，妳要根據這三條線索從這個家裡找出我現在想看的那本書，並且拿到我面前來。」

老師當著我的面，得意洋洋地以手指撫摸櫃上書籍的書背，臉上明顯寫著——這問題對於妳這個偵探來說輕而易舉吧？

「意思是要測試小雀身為偵探的推理能力和洞察力吧。」

視線仍舊落在手裡那本書上的枯島先生替我摘要。

「我、我明白了，我會找出來給你看！然後呢，是哪三條線索？」

「那麼，第一條線索，我現在想讀的書是『妳也曾經讀過的書』。」

「不愧是久堂學長，對於小雀的事情全都過目不忘。」
枯島先生插嘴。
「因為這傢伙老愛鉅細靡遺地向我報告她讀完的書本內容，我就算不想聽也會記得。」
何必這樣說呢。
「不過這麼一來，一開始就大幅縮小範圍了吧？」
矢集先生顯得很開心。他似乎以為「我也讀過的書」是一條相當有利的線索。
可惜——
「矢集老弟，很遺憾，你高興得太早了。」
枯島先生代替我說出我的心聲。
「小雀在這棟屋子裡讀過的書，比你想像中要稍微多一點。」
「這、這樣啊。這麼說來，我記得雲雀小姐是因為愛看書，所以從很久以前就時常到這兒來。那……意思是範圍囊括上百本書嗎？」
「你少了一位數，不對，搞不好是兩位數。」
聽到枯島先生的話，矢集先生說不出話來。我感覺著矢集先生凝視我背影的視線，同時等待老師繼續說下去。是的，現階段還無法縮小範圍。
「雖說她讀過許多書，不過雲雀總是只看通俗小說作品，幾乎不看論文或專書，所以絲毫沒有培養出有深度的知識。」

「這、這種事情現在一點也不重要吧！」

我希望他別來干涉別人的嗜好和興趣。

「接下來第二條線索是什麼？」

老師愉快地望著我拚命翻找腦中書櫃的模樣，緩緩開口：

「第二條線索是——『空白的十一天』。」

這次他說的話十分神祕。我思考有哪本書叫這個名字嗎？不過我想不起來。話說回來，這位古怪作家怎麼可能自己揭曉正確的書名呢。既然這樣，這句話自然是鎖定正確答案不可或缺的重要提示。

「空白的……十一天……咦？這個好像在哪裡……」

「好歹用上妳的腦細胞仔細想想。好了，再來就是最後的線索。」

最後的線索——老師說這話的表情，猶如在這屋子的某處裝設炸彈的暴徒。

「我想看的書——『說的正是現在的妳』。」

說完，老師直指著我。無論由誰來看，很明顯就是指向我。

「……說的是我？請問那是什麼意——」

「好，三條線索都告訴妳了，我沒有其他要說的了。妳快點發揮智慧找出那本書吧，門外漢偵探！」

說完，老師拍了兩、三下手催促我，像是在說——接下來妳自己想。事情到了這個地步，無論我怎麼對老師哭求或哀號，老師也不會再多說什麼了。只要他不肯說，就算我威脅要在他面前上吊給他看，他也不會理我吧。

我只能靠自己了。

「小雀加油。如果決鬥輸掉、當不成偵探的話，就來我的『穀雨堂』吧。」

「雲雀小姐，請多幫幫忙！為了稿子！為了稿子！」

在枯島先生和矢集先生的聲援——雖說我不太確定這算不算聲援——之下，我跑出書房。

*

我的雙腳才踏出書房來到走廊，就沒了氣勢。老實說我還是沒有半點頭緒，就連「難道是那本書？」的臆測都沒有。

・我也曾經讀過的書。

・空白的十一天。

・說的正是現在的我。

要我根據這三個線索找出老師想看的書。如果是在一般住家的話，想要找出答案並非不可能，因為一般住家大概只有幾十本書，最多在一個書櫃裡尋找就好。但是這間屋子並非一般住家，屋裡的藏書量也非一般所能想像，這兒的藏書或許有一、兩萬冊。我究竟能否從那些書中，找出正確的那一本呢？

「不行不行，我必須在天黑之前先動動腦子。」

不可以放棄思考。我為了多少方便能看出一些真相，開始整理手頭上目前的資訊。

首先是這個屋子裡擺書的房間一共有四處，包括我剛才出來的書房、廚房旁邊的客房，還有二樓兩間當作書庫使用的西式房間。

其中收藏最多書的就是二樓的書庫，接著是書房。客房只有兩個較小的書櫃，我只要伸長身子，也能夠搆到書櫃最上層，所以這裡的藏書最少。

首先應該從藏書量最多的二樓書庫找起吧？

不對，再仔細想一想。

書庫裡的書是以哪個類型居多？老師基於什麼用途使用那個房間呢？

我記得書庫裡擺的書多半是老師平常不太閱讀的類型。相反地，他經常閱讀的書都是擺在隨手可拿的書房裡。

那麼，他平常不太閱讀的書是哪一種呢？答案很明顯，就是過去為了寫小說所購買的資料書；因為老師不喜歡同樣的主題重複使用在後來的作品上。既然如此，過去為了寫作讀過一次的資料書，理所當然會堆在書庫裡。

然後，一如老師剛才特別提出來的，我閱讀的書盡是文學和通俗小說，幾乎不看資料書和專書。如果正確答案的那本書是「我也曾經讀過的書」，我想，那些堆放我不曾看過的書的書庫，應該可以先跳過。

我走向客房，悄悄打開門窺視房內。我平常不太進來這個房間，在面對面擺放的兩張沙發之間是一張沉重的黑木茶几。這裡是客房，可想而知只有特別的客人來訪時才會使用。

既然如此，我和枯島先生、矢集先生都只是不特別的普通訪客吧。不對，老師很可能會一臉不在乎地說：「你們這些傢伙連客人都稱不上。」

面對房門的牆壁前有兩座書櫃，就像兩個感情很好的兄弟並列在一起，與上次看到時一樣。我連忙跑向那兒，快速掃視一排排書籍的書背。掃視時，我一邊在想著第二條線索。

空白的十一天究竟是什麼意思？以前似乎在哪兒聽過。不對，可能不是聽過，而是在哪本書裡看過類似的內容。不管是哪一種，答案應該都在我腦子裡的某個角落。

「空白……空欄、白紙、空空的……十一天……比十天多一天。十和一……正極和負極？」

難道是故意安排的文字遊戲或暗號嗎？一想到這個可能，我馬上把那些線索從頭喃喃說一遍，不過還是沒有什麼頭緒。

會不會是書裡出現的事件……？既然有事件的話，也就是推理小說？

到此，我重新思考出題的久堂老師這號人物的特性。首先，老師說：「猜猜我想讀哪本書？」這大概是謊言。他選書的動機不可能這麼單純，其中應該是藏著他這位出題者想要表達的訊息——給身為解答者的我的訊息——而那個訊息大概與第三條線索「那本書說的正是現在的我」有很大的關係。

現在的我，把「現在」直接解讀成是「今天的我」應該沒錯吧。

由此為出發點，我一一在腦海中回想自己今天來到這裡之後，與老師之間的對話。一定能夠在這當中找出頭緒，因為老師說——快點發揮智慧找出那本書。

此時，我聽見從遠處書房那兒傳來老師的聲音。

「我剛剛沒提醒妳，找書的時間到五點鐘為止。妳可沒時間像純文學作品一樣自言自語個沒完或細細描述情景啊。」

「咦咦！居然還有時間限制嗎？」

「笨蛋！聽好了，還剩下三十分鐘，妳這沒用的傢伙！」

他在說話內容的重點前後，還特地毒舌一番提醒我。那個人其實不是推理作家，只是個嘴巴惡毒的大壞蛋吧。不過現在沒空說這個，總之我沒有時間悠哉思考了。

我重新審視剛才思考到一半的想法，也就是老師想要告訴我的訊息。

「現在的我、現在的我——」

捕捉出題者的企圖，解讀作者想要傳達的內容。

對了，我今天來到這裡，一開始告訴老師的就是那個現代國文課的問題。難道線索與課本裡沒有推理小說的話題有關嗎？那個話題是什麼東西的伏筆呢？

「現在的我——今天的——我。」

結束時間迫在眉睫，我在嘴裡細細反芻這句話，匆忙思考著。

——今天的我是……

我就這樣站在書櫃前思考了不知道多久，終於聽到走廊上的鐘擺時鐘發出五點整的報時聲。

這個時候我想起那件真相，不禁感覺自己的腳下天旋地轉。

＊

「哎呀呀，名偵探回來了。」

我一走進書房，就見老師露出傲慢的笑容迎接我。枯島先生依舊和剛才一樣悠哉地坐在椅子上，矢集先生也一樣坐著，不過整個人就像經過七天七夜日曬的白蘿蔔般有氣無力地趴在茶几上。能不能拿到稿子必須看決鬥的結果，因此他會精疲力竭也是理所當然。

「好了，雲雀，找到那本書了嗎？」

老師坐在慣用的椅子上，在我面前誇張地蹺起腳。我冷靜下來後，點頭說：「是的。」

「哦？不過妳的手上卻沒有拿著那本書？」

老師說得對，我的確沒有拿著書，我完全空著雙手。不過沒關係，因為我想到答案的同時，也想起那本書在哪裡了。

「老師想看的那本書，就在這個書房的書櫃上。」

我毫不猶豫走向其中一個書櫃，稍微拉長身子伸出手。矢集先生往前探出上半身，緊盯著我準備拿下的那本書。

最後，我從書櫃上抽出一本書，遞給老師。

「阿嘉莎．克莉絲蒂的《羅傑．艾克洛命案》。這就是老師想看的書，沒錯吧？」

現場陷入一陣短暫的沉默。老師坐在椅子上看著那本書的封面，很快便一臉無趣地仰望天花板，這樣說：

「真幸，你等我到十點。」

「咦……？意思也就是……」

突然被叫到名字，矢集先生連忙站起身。

「意思是我會把稿子寫給你。」

看樣子這場決鬥是我贏了。

夜空裡浮著一顆美麗的滿月，彷彿是某處的風流雅士渲染出來的作品。

「謝謝謝謝！真的很謝謝妳！」

矢集先生在住宅外的小小門前頻頻對我低頭鞠躬。

「多虧雲雀小姐的幫忙，我等會兒才能夠順利帶著稿子回去！」

「呃、不……關於這件事……」

天色已經完全暗下來的街道上，街燈一盞一盞亮起。飛蟲受到光線的誘惑，忘我地繞著街燈盤旋。

「但是，妳是怎麼想出答案的？我絲毫沒有頭緒呢。」

他有這個疑問也是理所當然。矢集先生當然不會知道答案，因為這個問題**只有我一個人能夠解答**。

「居然只憑著那三條線索就知道答案。那本書，《羅傑．艾克洛命案》是阿嘉莎．克莉絲蒂女士的代表作之一吧。我記得那是她在幾十年前寫的作品……為什麼老師現在會突然說想看那本書呢？」

是的，矢集先生說得沒錯，《羅傑．艾克洛命案》是名偵探白羅系列的第三部作品，也是阿嘉莎．克莉絲蒂的作品當中，不對，該說是所有推理小說中最耀眼的名作，因此有許多人讀過。

故事是從金艾博特村發生的一起婦人神祕死亡事件開始。後來村里的鄉紳羅傑．艾克洛在書房裡遭到殺害，雖然有嫌犯卻始終找不到關鍵證據，嫌犯就在這種情況下被定罪。某位人物在這起事件中擔任白羅的助手，並記錄事件，同時也自行著手調查和推理。

整本書的摘要大概就是這樣。

「我得以突破謎團是因為老師給的第二條線索『空白的十一天』。這條線索讓我導出阿嘉莎．克莉絲蒂。」

「十一天和阿嘉莎．克莉絲蒂有什麼關係？」

「我記得是一九二六年的十二月，當時已經是知名作家的阿嘉莎．克莉絲蒂在某天外出之後突然消失，因此引起話題。」

「啊！這麼說來，我也隱約記得那件事！聽說她失蹤了。」

「是的。後來她被人發現以其他人的名義投宿在某家旅館裡，不過找到她也已經是幾天後的事情——也就是時隔十一天之後。」

「這就是『空白的十一天』的意思嗎……？」

現在仍無法知道她失蹤那段期間發生什麼事，據說她本人也絕口不提。

「我曾在與她相關的資料上讀過，身為當紅炸子雞的新生代推理小說家引發神祕事件在當時蔚為話題，能夠想起來只是偶然。」

「沒有那回事！不過妳居然能夠從這一點導出正確答案，真了不起。」

「其實『空白的十一天』這句話不單單能夠鎖定作者，也藏著另一條線索。」

我一邊很在意自己亂掉的麻花辮，一邊繼續說：

「矢集先生知道《羅傑．艾克洛命案》最早發表於什麼時候嗎？」

「呃……戰前的……不對，是大正時代（一九一二年七月～一九二六年十二月）吧？」

矢集先生偏著頭認真思考著，結果還是沒能夠想出正確答案。

「抱歉，看來我還有待學習……是哪一年呢？」

我不清楚因為他是菜鳥編輯所以不知道答案，還是我特別偏愛推理小說，所以知道答案。

「是一九二六年。」

「……啊！同一年！」

他原本僵在那兒，臉上表情像等著要上發條的發條人偶，旋即又注意到相同之處而大喊。

是的，《羅傑．艾克洛命案》發表的時間與克莉絲蒂失蹤的時間，同樣都是一九二六年。

「我由此判斷正確答案大概就是那本《羅傑．艾克洛命案》。再配合第一條線索『我也曾經讀過的書』，根據這兩個條件，答案就是《羅傑．艾克洛命案》了。」

「原來如此！亦即妳盡可能充分利用線索導出了真相，對吧！我愈來愈覺得妳真了不起！能夠打敗久堂老師，我想這次老師也不得不認同雲雀小姐的實力了。畢竟那位宛如被放到野地裡吃人的大野狼老師，此刻正乖乖待在書房裡依約重寫稿子！」

一知道可以拿到他原本幾乎要放棄的稿子，矢集先生就變得很多話。

「矢集先生，你說那種話，到時候會被老師狠狠修理喔。老師擁有很可怕的能力，包括知道別人在他背後說他壞話。」

「咦……怎、怎麼可能。不對，的確有可能……」

「讓妳久等了，小雀。嗯？矢集老弟怎麼回事，你的臉色怎麼像幽靈一樣鐵青？」

晚了一步才出來的枯島先生看到矢集先生的臉之後，笑了出來。

矢集先生留下來等稿子完成，我和枯島先生向他點頭道別後，離開久堂家。

「我送妳到家門口，女孩子一個人走夜路很危險。」

枯島先生每次往前邁步，他的深藍色羽織＊註1就會在我面前搖曳，那色彩彷彿是為了融入夜

＊註1　男性和服的短外衣。

色而存在。

「今天真是辛苦妳了。不過學長雖然藉口一大堆，對於小雀讀過的書倒是一清二楚。」

我們默默走了一會兒，枯島先生突然以一如往常的溫柔語氣安慰我。

「很難講，畢竟我也不清楚老師所說的話哪些是認真的……」

然後，他繼續以一貫溫柔的語氣這樣說：

「還好妳**能夠勉強以偵探的角色逃過一劫**。」

「……什麼意思？」

看不見姿態的鳥兒從某處發出不可思議的叫聲。枯島先生突然停下腳步看向我，倏地湊近我的臉說：

「妳家到了。」

我這才發現自己已經抵達家門口。

「謝、謝謝。」

道謝後，枯島先生悠然自得地揮揮手準備離去，又臨時改變主意轉過來。

「對了，學長要我告訴妳：『找找老鼠的肚子裡，不曉得會不會出現染上甜甜咖啡的稿紙碎片呢。』」

「啊！」

「你們兩人真是絕妙的組合呢，呵呵。」

枯島先生笑著，彎下腰揑住我的臉頰，輕輕朝兩側拉。

「害自走！（快住手）」

「哈哈，小雀，說說看檸檬汁。」

「離蒙茲。」

「喔喔，真可愛。」

我被他這樣玩弄了好一會兒。

接著，他就像心血來潮改變方向的風一般，踩著木屐消失在黑暗中。

我獨自站在自家門前發愣。

老師——果然發現了。然後，枯島先生八成也從老師轉告的話裡知道了真相。不對，也許他早就從老師出題的意圖中看穿了一切。

看穿我其實不是偵探，而是犯人。

*

這是我今天一天的生活，○月×日事件的所有細節。

我原先沒有打算要寫那麼長的日記，也沒料到會寫到三更半夜，可是一下筆就停不下來，我也沒辦法。老師也是從頭開始重寫他的稿子，所以我或許也在潛意識裡希望自己多寫一點。

前面提到的事情只是我的日記內容，因此當然全都是我的主觀敘述。我沒有寫上自己不清楚、沒有經歷過的事情。

同時，**也有些事實是我刻意不寫出來**。我在寫的是我自己的日記，所以我照著自己的意思決定要寫些什麼、不寫些什麼。

問題是——寫到這裡的期間我一直在煩惱，我覺得自己還是應該詳實記錄才行。如果不這麼做，接下來肯定會睡不好。

事實上《羅傑·艾克洛命案》一書裡，最重要的就是用上了「敘述性詭計」。

所謂敘述性詭計是指，出現在小說裡、登場人物台詞之外的那些文字內容有圈套。

比方說，描寫某個登場人物時只用人名，故意不使用「他」或「她」表示，利用這種方式掩飾性別；或者其實是八十歲的老人卻故意將他的言行舉止形容得像年輕人，讓讀者對年齡產生很大的誤解。讀者以為敘述部分的內容可以相信、不會騙人，作者卻反過來利用讀者這種先入為主的觀念，這就是敘述性詭計。

其中在《羅傑·艾克洛命案》一書使用的手法，一般稱為「不能信賴的旁白」。

《羅傑·艾克洛命案》這本小說，形式上是偵探助手寫的筆記，事實上寫這個筆記的人正是犯人，詭計就在這裡。如此一來讀者原本信任並閱讀的故事內容全變成了「不能信賴」的東西。當然啊，既然是犯人自己寫的筆記，自然會配合自己的需要，省略對自己不利的內容。於是真相就逐漸遭到扭曲。

因此讀者往往認為這種手法不公平，甚至批評這樣一來作者和讀者就無法公平競爭解謎了。不過之所以在這裡提到這件事，是的——我現在寫的日記就是採用了這種手法。

好了，接下來我就揭曉沒有寫出來、不利於我的部分吧。

事實上，我今天抵達老師家沒多久，老師就出門去買東西了。

「墨水用完了，我去買。妳乖乖煮咖啡等著，知道嗎？」

當時已經做好煮咖啡準備的我，送走匆匆出門的老師之後，先煮了一杯自己要喝的咖啡。然後我一邊吹涼杯子裡的咖啡，一邊按照他所交待的，乖乖坐在沙發上等他回來。

可是，啊啊，當時我不小心發現了，老師書桌的抽屜微微開了一條縫。

既然發現了這點，我就無法抗拒誘惑。雖然毫無根據，不過我可以感覺到，不曉得為什麼我堅信那裡一定有那個東西。

——老師的新作稿子一定在裡頭。

不出所料，我一打開抽屜就看到稿子，然後等我回過神來時，我已經專注在看稿子了。不可以，儘管我在理智上知道這樣不行，可是身體卻很誠實……我到底在寫什麼啊。

總而言之，我無法停下翻頁的手。有趣！真有趣呢，老師！

我接下來停手時，是為了伸手拿咖啡杯。然後我的雙眼一邊繼續熱切地追逐著文字，一邊將咖啡杯就口。我沒有確認咖啡是不是已經變溫就喝了下去，結果事實上咖啡還很燙，我的舌頭甚至稍微燙傷了。

我被咖啡的熱度嚇得身子緊繃，就在這一秒咖啡從杯子裡灑了出來。

灑在老師重要的稿子上。

啊哇哇哇哇哇哇哇哇哇……現在回想起來，我的臼齒仍在喀喀作響！這太可怕了，好可怕好可怕！

我做出自尋死路的行為！——儘管後悔也已經太遲。我連忙收拾咖啡，從廚房拿來抹布擦拭稿子，卻不管怎麼擦都沒用，咖啡滲入部分稿子裡，使得文字變得難以辨識。

怎麼辦？我該怎麼做才好？想一想！雲雀，動動腦啊！

我才這麼一想，就聽見玄關那兒傳來老師的聲音。我連忙把稿子放回抽屜裡，可是這麼做問題還是沒有解決，差別只是在於現在被發現然後被殺掉，或是待會兒被發現然後被殺掉而已。

我一邊設法冷靜，一邊告訴老師今天在學校發生的事情。說話時，我的心裡其實一點也不安穩，我一直掛念著抽屜裡的稿子。

話說到一半，老師注意到抽屜並伸手拿出裡面的稿子時，我汗流浹背，在心中吶喊著——永別了，我的人生。

但是我的人生在那之後卻依然持續著。

老鼠，居然有老鼠！多虧老鼠把稿子咬得亂七八糟，幫我掩飾了灑在上面的咖啡漬。

天底下有這麼巧的事情嗎？我打翻咖啡之後，直到老師發現稿子的狀況為止，大約經過一個半小時。老鼠在這段期間咬破稿紙、幫我清除了咖啡漬，這怎麼可能？

我好一陣子都難以置信，但這是事實。

於是當時我下定決心，既然如此就利用這個巧合吧。

如果老實告訴老師真相，他一定會笑著把我像稿紙一樣撕得七零八落吧。既然如此，我只好打死不認帳。不可以讓他發現我就是犯人！

然後，事情演變成老師和我一決勝負。不過，最後證明老師果然打從一開始就知道我私自偷看稿子、還弄灑了咖啡。

——找找老鼠的肚子裡，不曉得會不會出現染上甜甜咖啡的稿紙碎片呢。

他委託枯島先生轉告我的這句話裡已經道盡了一切。

他恐怕是從瀰漫在書房裡、不久前才剛煮好的咖啡香氣，以及我明顯坐立不安的反應當中察覺到的吧。

然後，他沒有揭穿我弄髒稿子的事情，反而愉快地看著我一臉不情願地以偵探身分決勝負。他甚至還說：「那本書說的正是現在的妳」，讓我自己拿著類似設定的小說過來。

他一定很喜歡利用這些安排一步步虐待我的精神吧。

啊啊，我好不甘心！

……可是，今天的事情的確是我不對。我正在猶豫要不要坦白時，偶然被老鼠所救，於是我順水推舟想要隱瞞真相。還沒有成為偵探之前，我就先不配為人了。真是可恥的人生。

明天再去老師家，老老實實向他道歉吧。他一定會勒著我的脖子，把我掛在二樓窗戶上，不過我還是想要盡力道歉。雖然他很可能會認真表示要用鋼筆在我全身上下每顆細胞刻上：「我今後再也不會忤逆老師了……」

不過，我還是非道歉不可。

補充記錄。

過了一晚，到了隔天。

我戰戰兢兢地前往老師家裡一看，只見那些用我做的手工餅乾製作的老鼠餌已經全部清理乾淨了。

老師說：「老鼠？怎麼可能有那種東西？我記得上個月的確還有，不過我早就透過智慧和勇氣以及業者的力量，把牠們趕出去了。」

沒有老鼠？咦？那麼被咬破的稿子呢？難道老師上個月底辛苦完成的是其他稿子……？

「欸、咦……？咦？也就是說你從一開始就知道一切嗎……咦？」

如果是這樣，那麼情況就大不相同了。

老師該不會是看到抽屜裡被咖啡弄髒的稿子後，臨時決定要捉弄我吧？如果是的話，那麼我的手工餅乾究竟是為了什麼而犧牲呢……

昨晚在我離開之後，老師八成也沒在寫稿子，只是讓矢集先生焦急等候到最後一秒，並以此為樂而已吧。然後到了最後一刻，他才將被咖啡暈開的那幾頁重新寫好，接著擺出總算結束偉大工程的模樣，把稿子交給矢集先生。

有可能，十分有可能。

「結果你只是在捉弄我、在玩弄我而已對吧！把我耍得團團轉！」

老師面對在書房裡怒吼的我，沒有半點歉疚的樣子，甚至從頭到尾帶著心滿意足的微笑。

接著老師開口說的話實在太好猜了，連動腦推理都不需要，不過我姑且還是把它寫下來——

「啊哈哈。」

兩國幽靈大宅殺人事件

女學生偵探與古怪作家

＊女學生偵探系列一＊

第一章　別被附身啊

文具行老闆還不到下午時間就在店門前灑水。地面上濺起水花，感覺舒暢清涼，不過躲在陰影下乘涼的流浪貓倒是被水花嚇了一大跳而躍起。

我，花本雲雀一邊擦拭店裡的桌子，一邊望著窗外神田神保町的日常景色。天上聳立著厚重巨大的積雨雲。

「夏天到了。」

櫃台後側傳來有氣無力的聲音。

「天氣這麼熱，所有的氣都被消磨光了。志氣、元氣、脾氣、勇氣、運氣。」

父親說著無聊的冷笑話，毫不客氣地打了個呵欠。

「運氣與天氣熱沒有關係吧？」

「氣……氣……有了，冷氣和靈氣。我們來說鬼故事涼快一下吧？」

「你怎麼一副自己想到好點子的表情？爸，做生意要有做生意的樣子。」

「雲雀居然會說這種話，這也是久堂老弟訓練出來的吧。」

我不理會父親，繼續快動作擦拭桌子，再從櫃子裡拿出澆花器，打算趁現在沒有客人，替店裡的盆栽澆澆水。

這裡是我父親花本義房經營的日式咖啡館，店名是「月舟」。店內不算寬敞，不過店裡書櫃上經常備有不似咖啡館該有的龐大數量書籍，人人都可以自由取閱。店中央有個暖爐，冬天可以派上用場。

店內是磚造牆壁，建築物本身也有些歷史了，不過有不少常客就是覺得這樣能夠使人放鬆，因此喜歡光臨敝店。

本店的招牌商品當然是咖啡，但我認為果汁也是不錯的選擇。而這家「月舟」咖啡館的活招牌就是敝人在下我，花本雲雀。

「妳的水澆太多了。」

父親攤開報紙，連看都沒有看向我，這麼說道。

「哇啊！」

我連忙舉起澆花器。

「就是這樣，所以妳還是沒有資格繼承店裡活招牌的稱號。」

「什麼！我不是活招牌嗎？」

看樣子我不是。沒想到會從若無其事的對話中得知這個令人震驚的真相。

「我說妳啊，妳一直以為自己是嗎？妳那叫『沒有自知之明的妄言』。喔喔，可怕喲，我都毛骨悚然了。不過也多虧如此，我現在覺得涼爽多了，謝啦。」

怎麼會有這麼令人火大的父親？

「話說回來，你說『繼承稱號』……為什麼這稱號必須等你給我？」

「呼哈哈，妳有辦法比為父的我更討人喜歡嗎？」

「少噁心了！」

「好了，妳快點認真工作吧，活招牌後補。」

「無所謂。我明天休假一天，要去老師家看書！我要躺在沙發上看書！我要當個沒教養的女兒！啊啊真期待！我當然連一杯咖啡也不會幫老師煮！」

「這對久堂老弟來說真是個大災難啊……」

「你說這話時別一副由衷同情的表情啊！」

此時門上鈴鐺發出聲響，只見枯島先生一如往常和服打扮、頭戴圓頂硬禮帽站在那兒。

「哦，枯島老弟，歡迎。」

「義房兄，別來無恙？」

枯島先生拿下帽子點頭打完招呼，便轉向我微笑。

「我是不是打擾到你們父女倆的交心時間？」

「沒有沒有，歡迎光臨！好了，爸，偷懶時間結束了！」

枯島先生坐在窗邊的老位子上，點了與往常相同的咖啡。他是神田神保町一家舊書店「穀雨堂」的少東，平日也經常像這樣上我們店裡喝咖啡。

「謝謝妳。今天也很熱呢。」

我一端上咖啡，他先這麼說，不過身上卻看不見一滴汗水。這個人還是一樣不可思議。

「你今天外出辦事嗎？」

「嗯，早上去競標舊書。成果就是這樣。」

說完，枯島先生摸摸他帶來的包袱。

競標舊書是指舊書公會舉辦的舊書競標活動，那種場合會出現許多舊書，包括初版書、絕版書、珍本書。和枯島先生一樣經營舊書店的人，多半會前往參加那類活動尋找想要的書。

「當然也不見得每次都會盡如人意，偶而也會遇上必須整批購買、不分售的情況，那種時候回程時就得拖個大行李了。」

舉例來說，假設有一套書全套十集，你只想要買當中的第一集，而賣家只願意全套十本一起賣，這種時候即使你手上已經有第二集到第十集，仍必須全數買下。因此遇到阮囊羞澀時，恐怕再想要的書也只得放棄。

「不過我今天運氣很好，標到了幾本想要的書，也用不著多買其他不需要的書。」

枯島先生微微一笑，以熟練的動作打開包袱。包袱裡有幾本看來老舊的書。

「其中最受矚目的就是這本。」

說完，枯島先生拿出一本苔綠色的線裝書，把書封轉向我。封面上印著《幽靈與靈魂的研究》幾個字，字體富麗堂皇。

「幽靈？是指有幽靈出沒？還是研究鬼怪的書？」

我還以為他會拿出一本難以解讀的舊書，因此有些失望。

「妳可別小看幽靈啊。一聽到幽靈，妳或許會以為那是大人正好在這個季節用來嚇小孩的玩意兒，不過幽靈可是一門正統學問，也有人在進行研究。他們研究這類東西不是想知道幽靈或那個世界是否存在，而是好奇這類東西為什麼到現代仍會被人提及並流傳下來？這些東西究竟有什麼功用？對人心會產生什麼樣的影響？這樣一想，妳不覺得很好奇嗎？」

儘管他滔滔不絕地解釋，但我對幽靈的印象只有「我好恨啊～」，無法立刻改變觀念。

「然後呢，小雀妳剛才提到『鬼怪』，這個詞的意思包含了所有妖怪，所以最好還是統一說『幽靈』比較妥當。」

「鬼怪和幽靈是不一樣的東西嗎？」

「嗯。尤其在江戶時代，似乎不管妖怪或幽靈一律稱為鬼怪。因為在過去，幽靈是指一個人的靈魂，不像現在這麼受到重視。島根的雲州盤子古宅怪談、江戶的番町盤子古宅怪談，以及姬路的播州盤子古宅怪談等，都是名聞遐邇的鬼故事。故事講述的都是女傭或說女中阿菊在井邊被殺，死後仍會出沒在井邊數盤子。故事裡的阿菊靈魂停留在那棟古宅裡，更精確點應該說停留在那塊土地上。因為盤子古宅的『盤』也就是盤旋在土地上的『盤』，代表她與土地有強烈的連結。如此想來，是否與小雀所認為的幽靈有些不同？」

聽他這麼說，我發現自己對幽靈的印象就是會懷抱怨恨、出現在某個特定對象家裡嚇人。

「盤子古宅的故事就像這樣，不再是個人經驗，而是像街頭巷尾的八卦一樣廣泛流傳，阿菊的幽靈也最為江戶的老百姓所熟悉。如此一來有人開始盛傳朋友的朋友看到阿菊的幽靈，民眾也開始以鬼故事的方式講述、定義阿菊的幽靈，就連與阿菊毫無瓜葛的人們也會聲稱看到阿菊云云，演變成令人害怕的故事。這種情況著實比靈異現象更為詭異。」

「意思是阿菊成了過度炒作的幽靈？」

「差不多就是那個意思。一個人的靈魂如果能夠在人世間到處出現，那就是妖怪了。只要有一定數量以上的民眾認同並尊崇不知名的地精，地精就會成為那片土地的神。不過，也因為阿菊和《四谷怪談》的阿岩*註1一樣名聲遠播，才會直到現代仍有人在討論她們。這麼一想，也許過

*註1　日本恐怖傳說。相傳阿岩是一面貌醜陋的女子，傳說因為被丈夫拋棄而化為厲鬼，使得夫家的人接二連三逝世。

去到處都有人在崇拜個人的靈魂，只是沒有留下紀錄而已。」
「簡單的『鬼怪』兩個字也不是那麼簡單呢。」
我姑且點頭表示認同他的這番話，沒想到枯島先生竟更加興高采烈地繼續說：
「對了，妳不經意說出的『幽靈出沒』這個詞是來自一齣鬼故事舞台劇，劇裡的幽靈角色登場時，樂隊就會咻咻吹起笛子、咚咚敲起大鼓，打造熱鬧場面，也就是所謂的音效。如此想來，人們從以前就習慣利用聲音效果增加恐怖的感覺。很有意思吧？」
看樣子我漫不經心的發言觸動了枯島先生的滔滔不絕開關。對不起，我不應該想也不想就說出「鬼怪」兩個字。
「順便補充一點，這本書是佛教哲學家、人稱妖怪博士的井上圓了的其中一位徒弟，在明治後期寫的作品。作者年紀輕輕就過世了，因此只出版過這本書，市面上也鮮少看到。不過研究內容十分有趣，也有不少研究學者想要這本書。」
「哦，聽來是一本很珍貴的書呢。」
嘴上雖這麼說，不過我平常看的書幾乎都是通俗小說，因此這本書具體來說有多珍貴，我絲毫沒有頭緒。
「其實我一買下這本書，立刻就有人要向我買。對方很早之前就充滿熱誠地告訴我，不論我開價多少他都接受。因此剛才我用公用電話聯絡他，他便熱切表示無論如何都希望我明天能夠把書送過去給他。」

「沒想到有人對幽靈這麼熱情。」

「嗯，他是個十分熱衷幽靈的人，畢竟這也可說是他的老本行，他是人類文化學家永穗玄作先生。」

這個名字我似乎聽過。

「我們家書房裡也有一本那位教授寫的書。」

我聽見父親從櫃台後側說話的聲音。原來如此，我在書櫃上看過這個名字。

「因為他無論如何都需要這份資料做研究。另外，永穗教授的大宅就位在兩國。妳知道兩國在哪裡吧？」

「我記得在東京都的墨田區？」

「是的。從這裡過去，等於是往隅田川的上游方向去。」

「嗯。那個……你告訴我這些的用意是？」

「教授家因為某些因素，一般稱之為『幽靈大宅』，好事之徒對於那個地方也得另眼相待。能夠親自走一趟去看看叫那個名字的由來，一定很令人期待吧？」

「不，我的意思不是——」

「別擔心，儘管對方有些不好侍候，但只要聊到與他研究相關的話題，他就會心情大好。再說那一帶也有許多值得一看的風景──」

「聽我說！」

談話內容很顯然中途轉往了奇怪的方向，於是我硬是打斷他的話。

「為什麼要告訴我這些事情……？」

枯島先生仍舊掛著天真無邪的笑容。

「小雀，妳能不能替我跑一趟？」

太耀眼了！笑容太耀眼了！我不知為何無法抵抗。

「怎……」

「我明天無論如何都必須留在店裡。」

「怎麼這樣！」

總之，我的休假就這樣泡湯了，像幽靈一樣咻地消失無蹤。

＊

那些年代久遠的民宅一戶挨著一戶櫛比鱗次的模樣，使我聯想到住在那兒的人們相互扶持的模樣。窗上曬著舊棉被，使得建築物看起來像是正扯著下眼皮做鬼臉。

海苔批發商與印刷店的招牌隨風喀答喀答搖晃，此刻也彷彿快要脫落。一群充滿活力的孩子就跟機台裡掉出來的小鋼珠一樣，從一條極窄的巷弄間嘩地跑出來。那兒一定是大人進不去的祕密小巷。從這裡看不清楚，不過他們每個人的手裡一定緊握著尪仔標或貝殼陀螺吧。

我從永代橋搭乘水上巴士準備前往兩國。今天是大晴天，心情也很好。隅田川的川面反射正午的陽光，像彈珠汽水瓶子一樣閃閃發亮。

川岸邊綁著許多小船，再往後有平常沒機會看到的木造看台搭建延伸到遠處，上頭擺了許多座墊。塗成紅色和白色的柵欄耀眼奪目。

看來是準備萬全了，不過附近餐廳的相關人士仍在川邊來回忙碌著。

「好棒！好華麗！」

今天是舉行「兩國開川式」*註2的日子，預定從晚上七點起施放大量煙火。這個活動的歷史始自享保十八年（一七三三年），也就是江戶時代正中間。幕府舉行水神祭為驅除當時流行的傳染病，煙火表演則是當中的餘興活動，這就是此活動最早的起源。

活動充滿東京的夏日風情，當然也有不少觀光客前來參觀。

*註2　開川式是日本夏季水邊納涼祭典，以東京「兩國開川式」最有名也最盛大。直到一九六一年為止稱為「兩國開川式」，隔年起停辦，到了一九七八年才恢復實施，並改稱為「隅田川煙火大會」。

川邊馬路上已經有許多民眾來來往往。

我當然早就知道今天有這個活動，也曾經暗自打算有機會要去看看，不過父親一早就出門去拜訪老朋友，同學柚方要和家人一起觀賞煙火，同樣是同班同學的桃花則是要幫忙身為煙火師的父親，所以忙得不可開交。問到後來，其他朋友也都各有各的打算，無法相約前往。

所以我早早就放棄去看煙火了。

總不可能叫我自己一個人去。

說老實話，雖然我也想和某人一起在那條川岸邊散步——

我看向擺在腿上的包袱。這是枯島先生交待我的貴重鬼怪舊書。啊，不是鬼怪，應該要說幽靈才是。

「我完全無法理解。」

在我身旁的老師再度咒罵。他對於飛逝而過的景色一點興趣也沒有，由衷怨恨地瞪著強烈的陽光，並從剛才就頻頻扯著我的辮子。

他是知名度不高的古怪推理作家久堂蓮真。想必他是十分不滿在這個時間被迫出門吧，表情顯然比平常更犀利凶惡。

我從懂事起就認識老師，所以即使看到他這副表情也一點不覺害怕，不過其他乘客紛紛保持微妙的距離，彷彿生怕碰到毒瘤似的。

我其實原本想利用今天這趟跑腿機會，和老師一起欣賞煙火……

「為什麼要特地繞遠路搭乘水上巴士？要去兩國的話，搭計程車去不也可以嗎？」

這個人一點也不解風情。正因為他是這種人，我一開始就明白找他去看煙火也只是浪費口舌。就連我現在特地選擇逆流而上隅田川的方式前往兩國，他也是這種態度。

「你真的不懂吧？這麼好的天氣搭計程車太可惜了。請看看，這片景色！這陣輕柔的風！」

「風哪裡看得見？而且這麼熱。太陽快滾下山吧。」

我模仿電視上的女演員誇張地對老師這麼說，老師卻一點也不領情。

「我今天一大早趁著涼爽的時候去接你，遲遲不肯起床的是老師你吧？還不是因為你才會拖拖拉拉到中午，你是自作自受。」

昨天枯島先生委託我代為跑腿之後，我立刻跑去老師家。

「我們一起去幽靈大宅！」我開口第一句話就是這個。「這是說服我信教的新招數嗎？」老師頭也不回地說。

「我拒絕。」

「別這樣嘛別這樣嘛！一起去嘛！」

「快住手！別搖晃我的椅子！」

總之中間發生許多事情後，老師最後還是顫抖著拳頭答應了。

「你老是愛鬧彆扭，不過最後還是會同意我的要求。」
「鬧彆扭的人明明是妳吧？而且還鬧了快一個小時。那是威脅，威脅。」
事實上我更想要從東銀座搭乘水上巴士，欣賞勝鬨橋升起的模樣，不過老師徹底反對特地繞遠路。
「老師，我們下次去搭佃島渡輪吧。」
「妳自己去搭，搭到對岸去把自己搞丟吧。」
過分。
話雖如此，搭船真的好舒暢。是因為船有著不同於東京都電車的波浪起伏搖晃嗎？或是因為身旁有老師陪著我呢？船上明明也有其他乘客在，也不算安靜，不過那些嘈雜聲現在都成了悅耳的聲音——
「到了。」
「咦？」
等我注意到時，水上巴士已經停在渡船頭。
「咦？我睡著了嗎？」
「而且還拿我的大腿當枕頭。」

「咦咦！不會吧！……你騙我的吧？我怎麼可能在群眾面前睡得那麼大膽……」
「總之先擦擦妳的口水吧呆瓜。」
我連忙抹抹嘴邊，走下水上巴士。
「不過，才一眨眼就到了兩國呢！」
我重新打起精神，興奮地來到街上。
「咦？」
來到街上我才注意到街景似乎不太對勁。兩國長這個樣子嗎？
「咦！不是這裡吧！這裡是哪裡？」
招牌上寫著「淺草」。
「雲雀睡死的時候，水上巴士已經開過兩國站、藏前橋站，可喜可賀地來到了淺草站。」
「可喜可賀——個頭啦！嗚哇！搭過頭了！你為什麼不叫醒我！」
「這是我對妳的報復。」
「你也太誠實了！」
「好了，妳已經吵夠了吧？走囉。」
「要走去哪裡？我們在這裡等水上巴士的話，馬上就可以去兩國了。」
「我不想搭船了。我們在淺草逛逛吧，晚一點再把書送過去。」

「咦！可是教授在等我們耶，對方是大人物耶！」

對方說，只要是白天時間，隨時都可以造訪，所以我想晚一點應該也不要緊。不過我還是希望能夠優先處理完別人交辦的任務。

「我不知道對方是不是大人物，讓他等就好。妳不來嗎？那麼我就留下妳、自己走了。」

「等、等等我！」

老師已經這麼說，就沒有商量的餘地了，想要說服他也只是徒勞。我只得轉身背對吾妻橋、跑向老師。

鬧區裡人聲鼎沸。有躲在竹簾遮陽處喝啤酒的人們、看起來很忙碌的冰店老闆、五金雜貨舖的老闆、冰咖啡一杯五十日圓的店家，以及在鐵板前揮汗如雨煎牛排的大叔。

某處傳來美空雲雀的歌聲。是電視嗎？或者是收音機？

老師難得顯露出好心情，配合聽到的歌曲哼唱著。

這條街上現在仍流行電影、舞台劇、喜劇，大概是大正時代延續下來的傳統吧。在我這個來過次數屈指可數的人眼裡看來，這裡的每個人彷彿都在為了某件特別的事情熱鬧騷動。

「啊！」

不知道是因為太熱曬傻了，或是因為人潮而頭暈，我沒能夠避開迎面而來的人，不自覺抓住走在身邊的老師的手。

「對、對不起。」

「對我來說，東京最吸引人的反而是淺草，不是銀座。」

我緊張兮兮正要抽手，沒想到老師卻緊緊拉住我的手，喃喃這麼說。

這真不像老師會說的話——我才這麼說，他就回我：「這是亂步說的話。」

「這是過去江戶川亂步寫在短篇散文《淺草趣味》當中的一句話。亂步對於這條像大熔爐一樣混合所有愉快、危險、庸俗事物、具有馬戲團一般怪異魅力的街道，有一股特殊情感。」

「啊，這麼說來《帶著押繪旅行的男人》也曾提到淺草。」

我突然開始從四周風景裡感受到亂步詭異奇幻小說的味道。

「對了，妳也喜歡亂步。」

「是的！內容有時雖然可怕，不過少年偵探團的故事真的很有趣！我甚至想過要找小柚和小桃一起組少女偵探團！……不過話說回來，老師……」

「但眼前的我卻是『帶著辮子女孩旅行的男人』，一點也不吸引人。」

「那個……老師，手……手可以……」

我再度開口。老師一直握著我的手，突然意識到這一點之後，我整個人變得不知所措。

難道他是怕我走失才握住我的手？

「雲雀，更重要的是，我肚子餓了。」

「……這樣啊。」

也許是我想太多了吧。

我們躲進蕎麥麵店裡避陽光。大概是正值午餐時間，店裡十分熱鬧。

「不過，老師，你突然說要逛淺草，這是吹什麼風？莫非下一部作品的背景是淺草？」

我忍不住瞎猜他預謀著收集完資料後就回家。

「沒有什麼特別的理由。一方面也是因為最近一直躲在家裡寫作，幾乎沒有出門。」

這是運動，運動——說完，老師板著臉吃下冷蕎麥麵。

「這樣啊。不過你平常很少出門——我開動了！——開會或外出去收集資料嗎？吸吸吸——好吃！」

「妳還真忙啊。」

大概是聽見我們的對話，隔壁桌那家人嗤嗤竊笑。這段期間也不斷有客人進店裡來。

「有好幾次我放學後去你家，你都不在呢。」

「可能是我專心寫作，沒注意到妳這隻飛蟲跑來了而已。」

「居然說我是飛蟲……不過你是真的不在家，我已經緊貼著屋後的書房窗戶確認過了。」

「妳是壁虎嗎？」

老師大概認為工作上的要事不會在他不在家的時候找上門來吧。我雖然很早就認識這個人，不過仍不免覺得他還有許多我不清楚的地方。

是的，現在也是如此。有時我看著老師，仍會感覺自己彷彿在看深不見底的深淵。

「妳要發呆到什麼時候？店裡客人愈來愈多了。我們盡快吃完離開吧壁虎。」

「請不要擅自替我改名字！」

接著我和老師離開淺草，再度走過吾妻橋。因為機會難得，於是我們繞到了遠一點的地方。

「這一帶好多餐廳呢，我還是第一次來到這附近。」

我覺得新奇而東張西望。

「妳如果對這一帶很熟，可就有問題了。」

「什麼意思？」

「這條街妳用不上。」

到底是什麼意思？我看看四周，結果看到迎面走來一位打扮華麗的藝妓。難道——我看向附近電線桿上標示的地址，上面寫著「向島」。

「啊……！」

我連忙低下頭。

這裡是花街，男人喝酒尋歡作樂的地方。我只顧著和老師散步，沒有注意到自己什麼時候踏進這一區了。

「怎麼了，臉變得像酸漿*註3一樣紅，太陽曬多了嗎？這樣要不要找個地方休……」

「不不不不用！我不要緊！我一點事也沒有！我頭好壯壯！」

「看來的確只有活力特別旺盛。」

老師絲毫不在意的樣子，捏著我的臉頰拉扯。

「喇絲（老師），你果然……很習慣來這類地方嗎？」

我戰戰兢兢仰望老師。陽光從他背後照來，他的臉上正好逆光。

等了一會兒，老師才說：「當然，我來過好幾次。」

我的心情變得很複雜，一會兒開心、一會兒又難過，不過最後是垂頭喪氣。不用問也該知道，老師是大人，在我還是個會在夜裡哇哇大哭的嬰兒時，他已經是成年男人了，上上花街也是理所當然。

我就像秋天的稻穗般弓著背、垂下脖子悶悶不樂，這時頭頂上突然感覺到老師的大手觸碰。

「妳似乎誤會了什麼。首先，我去的地方不是妳想像的風月場所。這裡雖說是花街，也不全是做那種生意，也有會被找去料亭喝酒或表演三味線。說起來，我來這裡只是為了收集資料。」

「……真的嗎？只是為了收集資料嗎？」

我猛然抬起臉逼近他，老師煩悶地推開我的臉。

「我又不特別愛喝酒。再說，如果要整夜玩女人，我寧可待在書房裡看書。」

我拚命掩飾臉上的笑意。

「比起夜晚的娛樂，更好奇書本的後續發展，老師真是怪人！奇人！變態！」

「變態是多餘的！」

「嗚哇！別戳瞎我！」

我們一邊拌嘴一邊繼續往前走。老師不理我之後，我就欣賞路邊的盆栽或小巷，品味這個陌生的城市。在我們悠哉漫步的途中，我也注意到路上行人的腳步紛紛朝著隅田川的方向前進。

「看樣子大家果然都是要去看煙火。」

我看到一群藝妓，她們似乎也約好了一起去。

「真羨慕，我也想去。」

我一邊說，一邊偷偷觀察老師的表情。啊，果然沒希望。他一臉不感興趣的樣子。不，他臉上甚至還寫著：「聽聽妳說的是什麼傻話，真是關東第一傻瓜。」我雖然早有心理準備，還是希望老師願意改變主意。

「對了！我們別再拖拖拉拉，快點把跑腿工作完成的話，就能夠趕上煙火表演了！」

＊註3　外型似紅色的燈籠，味苦、酸，在日本會將其當作引導死者靈魂的燈籠，裝飾在祭棚上。

我為什麼沒想到呢？

「嘖，妳注意到了啊。」

老師喃喃說的這句話，我可是聽到了。

「啊！難道你是因為不想去看煙火，才故意到處亂逛、拖延時間嗎！」

「比起生鮮垃圾，我更討厭人群。再說，煙火也沒必要特地湊近去抬頭看吧。」

「老師應該要花點心思了解少女心和日本風情才對！」

「喂，雲雀。」

「在船上不叫我起來，也是你的陰謀之一吧！可惡！」

「這邊。」

「怎、怎麼了，這麼突然？」

我看到老師不曉得什麼時候已經站進附近建築物的屋簷下，朝我招手。老師輕輕往上一指，對錯愕的我說：

「看看天空。」

「天空？」

我把頭探出去看看天空，只見灰色的雲朵盤旋捲曲。這麼說來，四周不曉得什麼時候已經變成陰天了。

「如果妳十分渴望淋成落湯雞的話，我也不會阻止妳。」

老師一說完，幾乎於此同時，大雨嘩地發出很有夏日風情的聲響降了下來。

「啊，午後陣雨。」

雨滴乘著風在半空中畫出花樣。那是風的形狀。

「沒帶傘真是傷腦筋……」

「從雲的樣子看來，雨應該很快就會停了。在這裡等著就好。」

「在這裡……」

我重新環視建築物裡頭，一位個子嬌小的婆婆立刻從屋裡探出頭來，臉上帶著別有深意的笑容，對我們說：

「歡迎光臨，要住房嗎？」

「……住房？」

「幽會旅行嗎？」

「不，呃……」

「沒有未來的戀愛？為愛私奔？別想騙過婆婆我的法眼喲！」

「不、不是的！」

我們躲雨的地方是所謂男女幽會的旅館。太不湊巧了！太不湊巧了！

我連忙搖頭，拜託她讓我們稍微躲個雨。婆婆似乎依舊認為自己想得沒錯，竊笑之餘卻也很乾脆地把屋簷借給我們躲雨。

「這麼說來，好久沒下雨了呢。」

最近都沒有下雨，所以地面像筋疲力竭的旅客一樣用力吸收著雨水。

大顆雨滴宛如某個人不小心打翻、撒落的彈珠。四周景色一片朦朧。

男人以上衣遮雨奔跑，大拍賣的店家匆匆忙忙將擺在店外的商品收進去。我和老師並肩站在這裡，望著這些盛夏風景。

我把包袱緊緊抱在懷裡，再度偷窺老師的側臉。他的嘴唇抿成一直線，直視著正前方，大概正在構思下一本小說吧，也許是在找尋美麗的詞藻描述驟雨的情景。

店裡的壁掛式時鐘提醒時間已是下午三點。

「我們好像正共撐著一把傘。」

我故意在鐘聲和雨聲的掩飾下悄聲說道。老師仍舊一語不發地站在我身旁。

現在雖然看不見，不過等雨勢減弱之後，一定能夠在遠處的半空中看見彩虹吧。

*

結果因為我們悠哉等待雨停，再加上老師心血來潮不斷繞到別處去，我們徒步抵達位在兩國的大宅附近時，太陽已經下山了。

我對老師說，我們遲到這麼久，對方一定會感到很困擾。結果老師說：「那與我無關。」

「煙火應該會如期施放吧。」

不曉得會不會按照預定時間在七點施放，我不禁仰望天空擔心著。此時突然吹起一陣涼風，街道上因為下雨的緣故暫時涼爽了些，夏夜半空裡的燈籠一盞盞點亮。

第一發煙火此時正好射向天空。咚乓！煙火霸氣十足地彈開，在傍晚的天空裡四散。

我不自覺停下腳步望向天空。

「哇啊！老師你看到了嗎？放煙火了！」

胭脂色的紅光畫出一道道弧線，末端帶著藍紫色，接著到處綻放淺黃綠色的煙火。我因為這幅景象興奮不已，抓著老師的袖子雀躍蹦跳，說：「煙火耶！」彷彿我也被打上了天空。

「煙火不過是被射上天空的火藥，沒有什麼稀罕。改天萬一有人施放貓或魚等煙火以外的東西，妳再告訴我，到時候我也會想一探究竟。」

「你又鬧彆扭了，呵呵。」

逃往遠方的雲朵此刻被染成淺桃紅色，更遠處的天空則滲出群青藍色。差不多可以看見星星了吧。

接著我們聽著按照節奏施放的煙火聲響，走在縱橫交錯的巷弄裡。我們不停繞圈子、悠閒漫步、徘徊了好一會兒——

迷路了。

「咦咦？應該在這附近啊……」

我們迷路了。我的背後承受著老師宛如被無聊理由打擾冬眠的蛇一樣冰冷的視線，從口袋裡拿出枯島先生畫給我的地圖，再次確認。

「呃……嗯……」

我左扭右彎著身體，嘗試以各種角度看地圖。

「地圖拿反了吧？」

「嘿嘿，怎麼可能，我應該還不至於——」

我拿反了。

更加耀眼璀璨的煙火射上天際。

「這邊！應該是這邊！」

我重新打起精神往前走，但還是很在意頭頂上的煙火。仔細想想，雖然和想像中不一樣，不過我現在的狀況也算是和老師兩個人一起欣賞煙火。一想到這點，我就有點開心。儘管老師怎麼樣也不肯抬頭看一下。

「哎呀！」
我不小心往前仆倒。都怪我一直看天空，不小心撞到了路人。
聽到哇哈哈的笑聲，我忍不住抬頭，眼前的木板圍牆有一部分損壞，能夠看見圍牆後頭的民宅，而發出笑聲的正是那戶人家院子裡的老爺爺。他被太陽曬成淺黑色的臉上有深深的皺紋。我雖稱之老爺爺，不過他的身子倒是很硬朗，背也挺得筆直，從他身上可以感受到木工或船員這類靠戶外工作維生者所擁有的堅強力量。
「真是活潑的小姑娘，別看到煙火太興奮就跌倒了。」
我面紅耳赤低著頭。站在我身邊的老師擦得光亮的黑鞋倒映著煙火的色彩。
他八成覺得我是小孩子吧。
「我會小心的。請問這個圍牆是怎麼回事？」
我試著問起圍牆的事，轉移自己的難為情。
「啊啊，好像是昨晚有人騎腳踏車或什麼東西撞壞了，我一醒來就變成這副德性。我兒子他們夫妻倆說這樣難看、要立刻修補，不過，我們家也沒有什麼需要遮掩的東西，所以過一陣子再修吧。反正玄關那兒也沒有任何圍牆。」
老爺爺指著他家正門的方向笑著說道。這是這一帶居民的特色嗎？
「再說，也因為圍牆壞掉，我才能夠和小姑娘妳這樣的美人兒聊天，所以也不全是壞事。」

聽到他這麼說，我的臉又紅了。

「你們兩個是來看煙火？」

「不是，我們今天有事要找住在附近的永穗先生，不過我們迷路了。」

「永穗？他就住在你們身後的那棟屋子裡。」

「咦？」

我一回頭，就看見一棟樹叢圍籬環繞的氣派平房。

我們向活力十足的老爺爺道謝後，沿著樹叢圍籬往前走。

「我不會再興奮得踩到水窪跌倒了。不對，跌倒也沒關係，跌倒時我會注意別被泥水濺到身上。」

「有那麼厲害的跌倒方式嗎？」

我隱約聞到某處傳來火藥味，那是乘風飄來的煙火味。

「話說回來，這裡似乎正好是大宅的後面。」

我們繞了大宅半圈。

「這個樹叢圍籬種的是山茶花，到了秋冬應該會開出美麗的花朵吧。」

我看到老師莫名專注地仰望樹叢圍籬。

這麼說來，老師住的洋房院子裡也種著幾棵樹。那個院子窄得不像話，因為不常整理，因此到了這個季節，草木生長得很茂盛。不曉得老師是否考慮過想想辦法處理呢？

我嘗試想像老師拿園藝剪刀修剪庭院樹木的模樣，實在過於滑稽以致於我差點噗哧笑出來。

過了不久，我們抵達大宅正面玄關。一來到這一帶，路上行人倍增。我發出感嘆的聲音，這些人絕大多數都是來看煙火吧。

我檢查大宅的門牌，上面寫著「永穗」。因為聽說這裡被稱為「幽靈大宅」，所以我原本以為該是院子裡柳樹低垂、房屋破舊的模樣，此刻卻看不到半點靈異風格。

「請問有人在家嗎？」

我以不亞於煙火聲響與往來喧囂聲的音量，朝著屋裡大喊，卻遲遲沒有人出來應門。果然沒聽見嗎？在這樣吵雜的環境之下，聽不見也是無可厚非。

「出來的會是鈴蘭嗎？」

老師一點兒忙也沒幫上，反而在喃喃自語。

我不曉得喊到第幾次、喊到喉嚨差不多覺得痛的時候，總算有人出來。

「不好意思，讓兩位久等了。請問有什麼事嗎？」

出來應門的是年約二十出頭的漂亮女性。她身穿白底鈴蘭圖案的夏季和服，美麗的黑髮紮在後腦杓。

這位氣質清新的姊姊，與這棟被稱為幽靈大宅的屋子，一點兒也不搭調。

「我……我叫花本雲雀，這位是陪我來的久堂先生。我們今天是替神田的舊書店『穀雨堂』送書過來，比先前約好的時間晚了許久才抵達，實在抱歉。」

我把包袱舉到胸前給對方看，那位女子說著「啊啊」似乎明白了情況後，點點頭。

「兩位是父親的客人吧。不好意思，我是女兒千翳。」

她周到且慢條斯理地鞠躬致意，言行舉止讓人很有好感。

那雙令人印象深刻的黑白分明眼眸帶著濕潤的光澤，似乎正在思考著什麼。不自覺擺出的手指動作也細微又有女人味，臉頰和肩膀稍嫌單薄，不過腰部描繪出剛剛好的豐盈曲線。

「妳的夏季和服真漂亮，打算和某人去看煙火嗎？」

老師微笑問道。平日那張不悅的表情彷彿是騙人的。

「是的，我正打算要出門。幸好沒有錯過你們。」

千翳也微微含笑回答。

「對方是妳的戀人，而且是住在附近的男士吧？」

「老師，你問得太深入了，這樣很失禮。」

「不、不會，沒關係。」

我連忙阻止老師，不過千翳小姐本人儘管有些臉紅，還是欣然回答：

「我和那個人約好了一起看煙火，不過你為什麼認為對方住在附近呢？」

「聽聲響也知道外頭已經開始放煙火，而妳人仍在自己家裡，再加上臉上也沒有焦急的樣子。對方如果是從遠處來到這一帶，半路上一定會堵車，也無法預估抵達時間，那麼，妳應該會盡量提早前往約定碰面的地點等待他抵達。但妳沒有這麼做，這表示對方也住在附近，只要想見面就能夠馬上見到。」

「……你、你說得沒錯。」

聽了老師的話，千翳小姐似乎由衷感到驚訝。在一旁的我因此有些得意洋洋、抬頭挺胸。這種程度的推理對老師來說只是小菜一盤。

「再說得清楚點，妳的戀人年紀比妳大，是嗎？而且不只大一、兩歲，而是與我同輩？」

「哎呀！你為什麼連這些都知道……！」

我也感到驚訝。老師如何連這種事情都看得出來？

「妳提到戀人的時候說的是『那個人』，由此可知對方不是年紀比妳小的男人。然後，雖然我沒有確切的證據，不過妳說話的方式和視線等，讓我感覺妳很習慣與我這一輩的男人相處。再來就是多年來的男性直覺了。」

最後那句話彷彿在說自己閱女無數，聽得我不悅地鼓起臉頰。千翳小姐注意到我的反應後掩嘴偷笑。

啊，被發現了——

我的臉色變得比千翳小姐更紅了。

「哎呀，在玄關聊這麼久，真是抱歉。我立刻去請父親過來。」

說完，千翳小姐走進屋裡。我們暫時在玄關前等著屋主出現。

等了一會兒，老師突然含笑說：

「對了，妳居然說我是『陪妳來的久堂先生』？」

「我一時間不曉得該怎麼介紹嘛。」

我自己這麼說的時候，的確也覺得不太對勁，其實還有些難為情。

「不過這棟大宅裡頭一到傍晚還真暗啊……」

此時，屋裡竟傳來慘叫聲。我嚇了一跳，不自覺看向老師的臉。

屋裡深處可聽見悲痛喊著「父親、父親」的聲音。這聲音顯然不對勁。

「千翳小姐！怎麼回事？發生什麼事了嗎？」

我試著問了好幾次，卻沒有令人滿意的回答。

「怎麼辦……」

「我們進去。」

老師沒理會當場倉皇失措的我，毫不猶豫地進入屋內。

「請等等我！」

我也連忙脫下鞋子跟上他。老師豎起耳朵朝千騶小姐聲音的方向前進。進門之後來到屋內，正面沒有路往前走，於是我們轉進左邊走廊。走廊上滿是以衣架掛起的衣服、隨意堆放的書籍，以及不曉得裝了什麼的紙箱等，十分雜亂。

右邊走廊玻璃窗前面是廚房，不過聲音不是從那邊傳來。我們在走廊上左轉，繼續往前走。前方更加昏暗，每踏出一步，地板就會發出很大的吱嘎聲。這條走廊的兩側是成排的紙拉門，四扇拉門組合出一幅巨大的柳樹圖。看著門上的柳樹，儘管明知不可能，還是會錯覺葉子正隨風搖曳。

我聽著來自外頭不清晰的煙火聲，以及寂寥的蟬鳴聲，緊跟在老師身後小心翼翼前進。從有些詭異、隱約帶著寂寥感的走廊深處，傳來女子悲傷的啜泣聲。那是千騶小姐的聲音。

我們拉開一旁的紙拉門進入房間。裡頭光線還是很暗，沒有半個人在。

再度拉開紙拉門進入下一個房間，然後是下一個房間——

我們靠著她的啜泣聲前進，到後來漸漸迷失方向。

那個真的是千騶小姐的聲音嗎？

我們只在玄關與她聊過一會兒，真的可以斷言那是她的聲音嗎？

我開始不確定，也逐漸沒了自信。

「老、老師……我們繼續往裡面前進，真的不要緊嗎？我聽說這裡是幽靈大宅，我……」
那是誰的哭聲——？
才這麼一想，下一秒我的腳絆到榻榻米的接縫，當場跪倒。我突然覺得自己心中的想法正在逐漸走偏。
「雲雀，小心點。」
我聽見老師背對著我低聲說話的聲音。
「妳此刻心裡極度緊張，於是妳的心想要自行編造出幽靈。編造出幽靈，好方便用來解釋這種難以理解的情況。但是那些都不是真的，快點甩開那些念頭，才剛進屋裡別被附身啊。」
「……好、好的——！」
我回過神來，以堅定的語氣回應之後站起身。老師的一番話讓我的心情勉強好轉，但我還是無法離開老師的背後。
最後老師來到某個房間前面停下腳步。
「應該是這裡。」
他猛然打開紙拉門。一陣微溫的風吹過我的臉頰，令我毛骨悚然。
房間左側面對庭院，黃昏的光線從玻璃落地窗射進室內，那些光照亮站在房間中央的千騶小姐。右手邊的紙拉門開著一個人能夠進出的寬度，大概是她進入房間留下的吧。

在她腳邊有個男人臉朝下倒在地上，流出大量鮮血。

「這……到底是——！」

我一邊問著無力站在一旁的千翳小姐，一邊觀察倒地的男人。他穿著藍綠色的夏季和服，體型微胖，年紀看來大約五、六十歲，手上握著來福槍。

老師不動聲色讓我退開，捲起襯衫袖子，謹慎檢查男人的脈搏。

「沒用的……父親已經……死了……！」

千翳小姐倚著柱子喃喃囈語。

「那麼，這個人就是永穗玄作教授……」

老師輕輕搖頭，以犀利的表情轉頭看向我。

「已經死了。」

煙火再度打上天空，煙火的光亮照亮昏暗的室內，以及死去的永穗玄作的臉。此時，我突然感覺到視線。

空洞的、沒有任何熱量的、可怕的視線。

彷彿曾經有什麼東西在場。

不對，那個東西還在，就在旁邊。

一直注視著我——

許多隻眼睛。冰冷的、寒冷徹骨的眼睛。
白衣裝扮的女人。
「老師！有幽靈！」
我忍不住大叫，摟住老師的背。
「冷靜點，那些只是畫，只是幽靈畫。」
「幽、幽靈畫？」
我張開一隻緊閉的眼睛確認，那的確是掛在房間牆上的幽靈畫。
畫裡的幽靈正以蒼白的臉茫然凝視著我們。
「什麼嘛……我還以為是真的……哇啊！」
才剛鬆一口氣的我再度大叫。
「哎呀呀。」
看到我這反應，老師低聲沉吟。他也許正在笑。
牆面裝飾的幽靈畫不只一幅。
有好幾幅、好幾幅、好幾幅，走廊牆上密密麻麻掛滿一整片的畫。
壁龕的橫梁上、壁龕旁的櫃子、紙拉門上、氣窗、柱子、天花板上——全部都是幽靈。不管面對房間四面八方的哪一個方向，都是幽靈。

幽靈。

幽靈幽靈。

幽靈幽靈幽靈。

幽靈幽靈幽靈幽靈幽靈。

幽靈幽靈幽靈幽靈幽靈幽靈幽靈。

數也數不清的幽靈畫。

蒼白的臉龐。

蓬亂的頭髮。

含恨大睜的眼睛。

無聲站在蚊帳外的模樣。

無論往右、往左、往後都是幽靈。隔壁房間、再隔壁的房間一定也掛滿了幽靈畫。都有、都是、不管那邊或這邊都有幽靈。

有幽靈。這裡是幽靈大宅。

整個家裡隨處可見幽靈畫。

第二章　這可是推理！推理！

對面房間傳來按快門的聲響。警方相關人員，大概是鑑識人員正在替現場拍照存證。永穗教授的遺體應該還在那個房間裡。

我和久堂老師待在隔著那條昏暗走廊的這一側房間內，等待刑警們到來。

即使待在不同房間裡，我還是隱約能夠聞到飄過來的血腥味。不對，似乎還有其他什麼也飄了過來——

大概是因為數不盡的幽靈畫讓我產生錯覺吧。這麼一想，脖子後側的雞皮疙瘩就豎了起來。

幸好這個房間裡沒有裝飾幽靈畫。

對我來說很慶幸，如果可以，我現在不想看到——

我端正跪坐在座墊上回想剛才的事情。

「已經死了。」

老師當時確定後，不動聲色地把震驚的千翳小姐帶往其他房間去，我則趁著那個空檔借用電話聯絡警方。

回到老師他們待的房間時，千騶小姐已經多少恢復冷靜，不過她的臉色仍舊慘白。

過了一會兒，幾位警察和兩位刑警，以及鑑識人員抵達。他們交待我們在檢查遺體和搜查現場這段期間，暫時待在這裡，於是我和老師被領到隔著走廊這一側的榻榻米房間裡。

「居然趁我視線離開的空檔報警，妳真多事。」

老師帶著十分厭惡的表情沒規矩地坐在榻榻米上。這種說法好像他是犯人似的。

「當然要報警，這也許是殺人案啊。」

「只要身為女學生偵探的妳在報警之前施展推理功力把案子解決，不就行了嗎？妳肯定躍躍欲試吧？」

他的語氣很顯然是在揶揄我。

我不悅呻吟一聲後嘟起嘴。看到我的反應，老師笑著說：「雲雀的鳥啄！」可是，老師說得沒錯。

我的確躍躍欲試。

坦白說，我有個令人頭痛的壞習慣。

這個詭異的習慣是，只要一遇到難以理解的事件，我就會忍不住插手。如果只是插手倒還好，插手只是因為好奇，一般人只會覺得我是愛湊熱鬧，這種習性每個人或多或少都有。

但我的情況並非如此。等到自己發現時，我總是已經深深介入這些案子裡，旁若無人地進行推理了。

我也十分清楚這種行為不值得鼓勵，不過，只要遇上怪事，難以形容的使命感就會像蓬鬆的積雨雲一樣膨脹，在不知不覺之時，我已經熱衷解謎了。

如果連小事情也算進來的話，截至目前為止，我這個壞習慣已經讓我遇上或介入形形色色的事件當中。

「五月時的校慶事件也是。」老師露出邪惡的表情笑了笑。

是的，當時也是。因為某個契機，那些與事件真相有關的零碎線索正好來到我的手邊，結果我不自覺為了解開謎團，在學校熱鬧的明尾祭活動上四處奔走。

我自認為這個壞習慣是受到從小閱讀的古今中外推理、偵探小說的影響。

柯南．道爾、阿嘉莎．克莉絲蒂、約翰．狄克森．卡爾、艾勒里．昆恩、橫溝正史、海野十三、高木彬光，以及江戶川亂步。

每一位推理作家的作品，我都不惜犧牲睡眠時間沉迷其中，甚至曾經認真想要會會福爾摩斯或明智小五郎。我也曾經寫信給這些名偵探，但因為不知道該把信寄到哪兒去，最後都寄去北鎌倉的祖父家。當時我知道的地址也只有那裡了。

還以為自己收到孫女的來信，卻看到收信人寫著「福爾摩斯先生收」，祖父一定覺得很困惑吧。一想到祖父的樣子，我就感到歉疚。

「那些信也曾經寄到我這裡來。」

「呃啊！請快點丟掉！燒掉！」

總之就是這樣，所以我只要一遇到這類事件，就會熱血沸騰。

說到血，過去父親曾經提過一件事：

「妳的母親月乃也是如此。」

看樣子我和母親似乎都有同樣的怪異習慣。既然這樣，這個怪習慣並非是受到偵探小說的影響，而是從母親那兒繼承來的嗎？這個問題的答案，我也不清楚。

不過，話雖如此，我也不是特別擅長推理，有時在關鍵地方反而會出錯。站在老師的立場，我不是有時會出錯，而是大致上都推理錯了。

老師很清楚我的推理癖好，所以偶而會說這類挑釁的話。不為了什麼，只是為了看我忙得團團轉，最後推理內容卻完全錯誤，並且從中獲得樂趣而已。

「嘿，妳說說啊，犯人是誰呢？」

「可惡！現在這個階段怎麼可能知道！」

「哦，妳的意思是只要線索齊全，就能夠找出犯人了嗎？妳果然打算挑戰解謎。」

「請別把話題誘導到那個方向去！老師你每次每次都……呃，腳麻掉了！」

我準備站起身逼近他，雙腳卻無法如願移動。

「啊哈哈！」

「你們兩人感情真好。」

此時千翳小姐進來，臉上露出困窘的微笑。

「我拿喝的東西過來。」

「不好意思，雲雀沒有幫妳半點忙。」

「老師！為什麼我要……啊，不過真的有點不好意思。」

我邊揉著發麻的雙腳，邊羞愧地低頭鞠躬。這時，老師已經把端上來的麥茶一口氣喝光了。

大概是白天時間在外頭四處走動的關係，我也覺得口乾得要命，不過我有些猶豫要不要拿起麥茶。

旁邊就有個死人，總覺得現在不是悠哉滋潤喉嚨的時候。

千翳小姐看起來已經冷靜下來，不過突然失去父親，想必她的心中很難說完全不為所動吧。

我覺得如坐針氈而低下頭，就聽見走廊上傳來匆忙的腳步聲。

「千翳！那個人死了是真的嗎！」

「我問妳，這些人在這裡吵什麼？」

進來的是一位身穿女用白襯衫與偏短裙子的中年女性，以及夏季和服打扮的年輕男子。他們兩人走近跪坐在榻榻米上的千翳小姐，要求說明情況。

「媽、鐵太……」

「姊，這是怎麼回事！正門那兒也有好多警察……！」

「聽我說——父親他、父親他……」

千翳小姐說話時而斷續，不過還是盡力向進門來的兩人解釋事情經過。說明的聲音中充滿悲傷，在一旁聽著的我也覺得心痛。

姑且將情況說明了一遍之後，千翳小姐向他們兩人介紹了我和老師。

「真是不好意思，我是永穗的妻子乙繪。這個孩子是我們家的長男鐵太。」

夫人客套地說完，用手帕拍拍臉。她身上散發出濃郁的香水味，並以手帕擦著額頭的汗水，似乎很擔心臉上的濃妝花掉。

我也端正跪坐好，開口自我介紹。

「所以說，你們是舊書店老闆派來的？是穀雨堂的老闆嗎？那個人看來總是清爽乾淨，而且很會講話，我很喜歡他。」

「這樣啊……」

她似乎在說枯島先生。

「呃，今天您的丈夫變成這種情況，該怎麼說才好……我想待會兒警方會有詳細的說明。」

「那個人過去不曾生病，附近的醫生也保證他一定會很長壽，現在卻……到底為什麼會變成這樣……」

「更要緊的是，夫人——」

我正在挑選適合的詞彙說話，老師卻打斷我，開口說：

「您今天似乎外出工作不在家。是為了討論新上市的服飾吧？然後您因為把時間都花在工作上，最近也不常在家。」

突然聽到這番話，夫人大概很吃驚，她一瞬間露出錯愕的表情僵住。

「呃、是的，就是那樣。我兢兢業業地經營著服飾公司，今天雖然外出談生意，不過一聽到消息就立刻趕了回來。」

老師一定是為了縮短夫人說閒話的時間，所以故意冷不防把話題轉到工作上。夏天出門，夫人卻打扮規矩、穿著看來很悶熱，再加上走廊和房間角落擺著一般家庭不可能出現的大量衣服。看過這些，大概可以推測她從事與服飾相關的工作。

「妳說趕回來？是這樣嗎？妳不是說今天要和大人物見面？」

一旁的兒子插嘴。

「那是……如果是重要的會商，的確無法立刻離開……」

「哼，隨便啦。我是和朋友一起去看煙火，身上的錢用完了，所以回家來拿錢，結果看到有條子嚇了一跳。」

明明沒人問起，鐵太先生卻自己主動說明。他說話的用詞很像不良少年，眼裡卻有尚未完全褪去的純樸，因此聽來像是故意的。

「你又去那個朋友家嗎？那個孩子的風評不太好，不要緊嗎？哎呀，話說回來，你長得有點類似亞蘭．德倫＊註4呢。」

隨便敷衍完與兒子的對話之後，這回夫人把注意力轉向老師。

「還是應該說是市川雷藏＊註5呢？你是演員之類的吧？如果願意的話，要不要當我們公司的廣告模特兒？」

「模特兒？」

聽到夫人的話，我不禁發出怪叫。

「呃，那個！這個人他……！」

我嚇得驚慌失措，甚至無法好好解釋。可是老師依舊帶著笑容，主動回答：

「感謝您的盛情。不過，夫人，我是一個心臟只有跳蚤那麼點大的男人，站在群眾面前，就會遭受心悸、喘不過氣及失憶這三種毛病的折磨，因此我平常總是盡量避免出現在人前。然而這

＊註4　亞蘭．德倫（Alain Delon）是六、七〇年代最受歡迎的法國演員，迄今依舊是美男子的代名詞。

＊註5　市川雷藏（一九三一～一九六九年）是日本的歌舞伎、電影演員，也是當時知名的美男子。

個咬起來難吃的澀柿子辮子小姑娘，卻總愛拖著我到處去，給我帶來不少困擾。最近的行為更是嚴重侵害我的人權，所以我正在準備改天要正式上法院抗爭。」

澀柿子？法院？太多值得嘲弄的地方，反而讓我失去力氣反駁。

「話說回來，丈夫過世了我該怎麼辦……？也沒有人能夠商量重振公司資金的事情了……」

夫人早早就不再關心自己提起的話題，開始擔憂起其他事情。

「喂喂，老媽，這種時候妳還擔心工作嗎？」

「話不是這麼說……」

從夫人的話裡可以察覺到她的公司業績似乎不盡理想。

「對了，千翳，妳聯絡黑峰先生了嗎？」

大概是覺得尷尬，夫人強行轉移話題。但她的問話對象千翳小姐，只是望著面對庭院緊閉的紙拉門。

「我說千翳——」夫人再度開口，她才轉過臉來。

「對不起，外頭的煙火太大聲，我不自覺就走神了。」

外頭的煙火確實十分熱鬧。即使是住在這個城市、每年都會聽到煙火聲的居民，還是會受到那個聲響吸引嗎？

「妳不用擔心誠一先生。」

「誠一先生？」

對於我的疑問，夫人神情輕鬆地回答：

「是她的未婚夫。」

我一對初次聽到的陌生名字做出反應，夫人就像在聊自己的事情一樣開心地說：

「對方是在報社工作的堂堂正正青年。他提議要這孩子今天帶他逛逛這附近，一起看煙火，所以她一直很緊張。不過事情變成這樣，原本的約定也只能取消了吧。」

「沒關係，畢竟家裡發生這麼嚴重的事。」

「哎呀，這樣嗎？嗯，也是。年輕人明年還是可以一起欣賞煙火，啊，不對，往後還有許多欣賞煙火的機會。」

我們聊著聊著，終於有兩位刑警接連走進房間來。

一位是留著邋遢鬍子、嘴上叼支菸的中年刑警，他有著不輸給老師的銳利目光。另外一位刑警很年輕，帶著筆記本和鉛筆，彷彿在強調自己儘管身子纖弱，幹勁卻特別充足。

「我是警視廳搜查一課的員南。」

中年刑警姑且拿出警察手冊晃了晃，捲起的袖子露出經過鍛鍊的上臂。

見員南刑警拿出警察手冊，年輕刑警也連忙向前站。

「敝人在下鏑木！我還是菜鳥，所以還請多多指教——」

「什麼還請多多指教蠢貨，你上班族嗎！」

菜鳥刑警充滿朝氣地自我介紹，卻遭到前輩刑警斥責，他因此垂頭喪氣。不過他立刻又抬起臉，拿著鉛筆在筆記本上寫字。

「我不是上班族。寫好了。」

他邊喃喃說邊在筆記本上書寫。難道他每次遭到前輩斥責，都會像這樣寫在筆記本上嗎？

『刑警的心得』第六十八條：我不是上班族——類似這樣？

「我們大略搜查過現場和大宅四周了，接下來要找家人問話。所有人都在吧？」

鏑木刑警恢復得真快。員南刑警接著他的話繼續往下說：

「我確認一下，第一個發現屍體的人是貴府的千金——是妳沒錯吧？」

聽到他這麼問，千翳小姐默然點點頭。

「這位是長女永穗千翳小姐，目前就讀都內的大學。」

一旁的鏑木刑警這樣補充。

「然後聽到千翳小姐慘叫而趕過去的是那邊的——」

「我是花本雲雀，今天受託送東西過來。」

我打開包袱，拿出那本書給對方看，並大致說明事情經過。鏑木刑警在筆記本上振筆疾書，員南刑警始終瞇著雙眼，接著看向我的身後。

「那邊那位眼神和態度都很惡劣的男人是什麼來歷？」

我戰戰兢兢回頭，那兒當然只有老師一個人。他沒有端正跪坐，而是背靠著柱子伸直雙腿。

啊啊，看來他心情很差。

老師最討厭有人對他態度蠻橫無禮了，不管對方是什麼身分。

「你在說我嗎？警察機關的老狗兄。」

「我訂正一下。那位眼神和態度和嘴巴都很惡劣的男人是什麼來歷？」

氣氛瞬間變得一觸即發，我連忙介入他們兩人之間。

「這位是久堂蓮真老師！別看他的確有許多不好的地方，不過他是一位作家！今天他只是陪我跑這一趟，應該沒有做出什麼犯法的事情！大概！」

「欸！你是作家啊！」

夫人不曉得為什麼顯得很開心，實在看不出她才剛死了丈夫。

「作家啊。」員南刑警以質疑的眼神看了老師一眼之後，叫來鏑木刑警。

「說一下現場的狀況。」

「啊，是的！呃，死者是這個家的屋主——永穗玄作先生，五十四歲，他是東洋大學的教授。死因是頭部槍傷造成腦損傷，簡單來說就是子彈擊中頭部。根據鑑識人員的判斷，死亡時間推斷大約在傍晚六點到七點左右。」

「父親……是被人槍殺？」

「千翳小姐，那段時間妳在家嗎？」

「不，我稍微出去了一下，我想我出去時是六點左右。我去附近朋友家裡閒話家常，一不小心就聊得太久，所以連忙趕回來。」

「然後妳就發現父親的遺體？」

「是的……請問，難道我被懷疑了嗎……？」

「永穗小姐，請冷靜點。我們只是確認一下而已。」

鏑木刑警溫和地對慌張的千翳小姐說完，就把她帶往另一個房間。他大概是認為請教剛失去父親的她這些事情很殘忍吧。

這段時間，員南刑警繼續說：

「永穗教授的遺體被發現時，手上拿著來福槍。這點沒錯吧？」

我代替離席的千翳小姐點點頭。遺體的確握著來福槍。

「那是稱為九九式短步槍的手動式機步槍，是戰爭時陸軍也使用的型號，口徑是七．七毫米。子彈從永穗教授的頭部側面進入，由頭頂附近穿出，掉落在榻榻米上。中彈的衝擊力道使他的腦袋偏向一邊。只要檢查子彈，應該就會發現口徑一樣是七．七毫米。中彈時子彈一部分變形了，所以檢驗膛線必須花點時間。不過，從現場狀況看來大概不需要。然後，這把步槍是——」

員南刑警看向夫人。

「是的，這把槍是我丈夫的收藏。他從以前就有這類嗜好，也收集了另外幾把槍。」

「根據千翳小姐的證詞，遺體被發現時，進出房間的紙拉門和面對庭院的紙拉門除了一部分之外，幾乎都是緊閉的。他手上拿著收藏的槍，身上也驗出硝煙反應。也就是說，這——」

「自殺的可能性較高，他殺的可能性較低。」

老師開口搶了刑警的話。員南刑警挑起一側眉毛，明顯露出不悅的表情。

「……總之就是這樣。他應該是獨自待在房間裡，朝自己的腦袋扣下扳機吧。」

「我的丈夫居然選擇自殺……這……」

夫人以手帕按按眼睛四周。

「那個老頭他……可是，刑警先生，我家老頭不是個會自殺的人，說起來他也沒有理由自殺。他那個人神經很大條，又整天專注在自己的研究上，不可能輕易拋棄人生。」

鐵太先生如此主張，但是員南刑警沒有改變想法。

「現在這情況也只有自殺的可能了，不過警方會再多做點調查就是。」

現場籠罩在沉重的氣氛中。於是，老師像是臨時想到什麼，霍然起身，接著就在包括我在內的所有人好奇仰望的注視下，開始打開每扇門窗，彷彿要驅散房裡凝重的氣氛。

「喂，你在做什麼！別擅自——」

「好熱好熱！這樣緊緊關著門窗，熱死人了。再說，外頭正在施放美麗的煙火，門窗關著豈不是浪費！」

老師順勢連進入永穗教授房間的紙拉門也一併打開。幸好遺體已經移往他處，榻榻米上只留下依舊鮮明的血跡。

他進而連面對簷廊的紙拉門也打開。視野變得開闊，門外可見夜空中的煙火。

老師站在簷廊上望著外頭好一會兒。他真的是有心看煙火嗎？不，怎麼可能。

「這樣就行了。」

最後他終於一臉滿意地重新坐回原本的位子。

但是進入房裡的風仍是溫熱，有著夏夜特有的潮濕。而且老師打開了紙拉門，使那些令人不舒服的幽靈畫再度進入視線，反而讓我很不愉快。

感覺上每個角落的幽靈都正在凝視著我們，甚至帶來一股莫名其妙的寒意。

員南刑警轉開視線，似乎也想要避開那些幽靈畫。

「對了，聽說鄰居稱呼這棟屋子為『幽靈大宅』。不過屋裡有這麼多幽靈畫，有這種稱呼也無可厚非——」

他毫不留情地打死停在他脖子上的蚊子。

「這些全都是老頭的興趣。真是不太好的興趣，他一點也不在乎世人的看法。最近還開始胡扯有真的幽靈出現，真噁心！」

鐵太先生回答的同時順便抱怨一番。「這樣啊。」刑警這麼說完又繼續說：

「是你老爹的興趣啊。幽靈出沒等等只是穿鑿附會的謠言罷了，不過這個情形真會讓人覺得似乎有什麼……」

「員南先生！」

此時，鏑木刑警從發現教授遺體的房間大喊。

「怎麼了？」

「找到了！在房間衣櫃裡！」

「找到什麼？」

「遺書！」

*

「這個的確是我丈夫玄作的字跡……」

找到的遺書是永穗教授寫的，內容十分簡短簡潔。

——追求不可思議是人之常情。不管在那個世界或這個世界都是如此，人類才是世界上最不可思議的東西。終日想著靈魂與那個世界的一切，我也漸漸有了想去一探究竟的想法。我的妻子啊，請原諒我這個做丈夫的自行中止了呼吸、先走一步。兒子啊、女兒啊，別傷悲，為父的已經迫不及待前往那個世界了。明年也一起欣賞庭院裡的山茶花吧。

「上面寫著：『漸漸有了想去那個世界一探究竟的想法』……？這是什麼意思？」

員南刑警說完，顧慮到遺族的心情，於是緘口。

「父親原本就是個怪人。」這麼說的是從另一個房間再度回來的千翳小姐。

「他這個人總是只想著自己的研究。」

「剛才也聽說他很投入，究竟是什麼樣的研究？」

「簡單來說就是『幽靈』。」

「幽靈……」員南刑警臉上露出無法理解的表情複述了一次。

「是的。幽靈、靈魂、那個世界、降靈術、通靈會、惡靈作祟等，有時甚至熱衷研究到廢寢忘食的地步。」

「這些也是其中的一部分吧？」

刑警指著牆上的幽靈畫。

「我家從以前就有許多收藏品。過世的祖父喜愛古董，所以過去收集了各式各樣的東西，包括茶壺、茶器、刀器、繪畫，名聞遐邇的物品、鮮為人知的物品、奇怪的物品、有歷史的物品等，應有盡有。當中也有幽靈畫，據說父親從小就深深受到吸引。」

才剛懂事就已經受到幽靈吸引，可以理解這樣的人為什麼會熱衷於幽靈研究。收集槍枝似乎也是如此，不過他的收集癖好或許是受到自己父親的影響。

「祖父過世後，古董幾乎都處理掉了，所以家裡剩下的不太多，不過——」

她說到這裡，瞥了乙繪女士一眼，因此所有人的視線也自然轉向她。沒料到自己會在此時受到矚目，乙繪女士以手帕掩著嘴邊，露出苦笑。

「呃、是的，當時因為公司剛成立，無論如何都有些開銷……呵呵呵。」

簡言之就是她為了自己公司的資金週轉，把那些東西賣掉了。

「父親唯獨幽靈畫絕對不放手，甚至不惜砸下重金收集更多，就像被什麼東西附身似的。」

「『什麼東西』是指什麼……」

我再度感到毛骨悚然。

「當然是幽靈啊。」

老師這麼說，臉仍舊面對著簷廊。鏑木刑警摩擦著上臂，環顧四面八方。

「難道他是受到幽靈詛咒而死嗎……」

「王八蛋！你這樣算什麼刑警！還有那邊那個寫書的，你也別亂講話！總之，既然找到死者親筆寫的遺書，就可以確定是自殺了。我們的工作也到此為止。」

「不對，有喔。」

「啊？你說有什麼東西？再繼續胡說八道的話——」

「有犯人。」

老師的視線茫然注視著半空中的一點說道。沒有人能夠猜測出他這句話的意思。

「我能夠看見，我正看著犯人。那邊也有，這邊也有。」

「你除了是作家之外，也是靈媒嗎？別在遺族面前亂講話！」

員南刑警此刻的氣勢像是要揪住老師的衣領。

「是啊，老師，請別隨便開玩笑。不可能有幽靈……」

不可能存在。

儘管如此，我一看向牆壁，那邊與這邊都是幽靈，幽靈此刻也正看著我，注視著我。

好可怕、好可怕、好可怕。

「哎呀，真是傷腦筋。」

然後，老師的態度變得截然不同，彷彿在演戲一樣，開始介意起上衣的袖子。

「我確認教授的脈搏時，已經很小心了，不過袖子還是沾到血跡。雲雀，這個手洗可以洗掉嗎？」

他的袖子上的確染到了些許紅色。

「啊！真的耶！可惡，負責洗衣服的人是我，拜託你注意一點嘛！只要老師一不注意，一下子就會冒出許多換洗衣物——」

我不是要說這個！

我在眾人面前說了什麼啊。一想到這裡，我的臉就變得像沸騰的茶壺一樣滾燙。我連忙回到正題，試圖掩飾自己的難為情。

「遺、遺體流了那麼多的血，只要有人欲上前接觸，的確多少都會沾到血跡。」

我說到這裡，腦子裡突然浮現一個疑問，就像煙火照亮暗處一樣，我想起某件奇怪的事情。

由此為契機，我試著重新整理思緒，於是出現了幾個無法理解的疑點。

如果是這樣，那麼這是——

「哎呀，雲雀，怎麼了？喔喔！難道！」

「喂，寫書的，你從剛才開始是怎麼回事？這次換這位小姑娘有話要說嗎？」

「噓！安靜。看吶，雲雀的辮子倒豎了！這是她靈光乍現的證據！」

我還是第一次聽到這個證據。再說，我的辮子哪有倒豎？我想要抗議老師的胡言亂語，但眼前必須優先整理自己的思緒。

「請問，這個孩子究竟是什麼人呢？」

「這問題問得好，見習生鏑木老弟。無論你想要隱瞞什麼，這位小姑娘都會嗅出不對勁。別瞧她不起眼，她可是最近神田這一帶無人不知、無人不曉的能者女學生偵探。她過去說中的犯人、解決的事件，不計其數。她甩過的男人也同樣不計其數！」

「她是女學生偵探？」

話題開始朝著莫名其妙的方向發展了，不過我現在必須專心、專心——

「一是推理，二是點心，三思而行四面楚歌，五里霧中六出奇計，只要讓她一推理就會七葷八素，追著犯人九死一生，十成十是個迷糊偵探！她一定能夠完全說中這次事件的真相，百發千中！沒有任何謎團能夠難倒開始專注的她，也沒有她會猜不中的犯人！」

「老師，稱讚的話到此為止！」我打斷老師的小劇場站起身。不對，我覺得他那番話完全不是稱讚耶。

「好了，名偵探，妳有頭緒了嗎？」

所有人嚴肅看著我，只有在他們身後的老師愉快微笑著。

好啊，既然這樣我就做給你看。

我會把謎團解開。

「教授不是自殺，這件案子確實有犯人。」

聽到我的第一句話，鏑木刑警連忙大叫：

「妳說什麼！小姑娘妳叫雲雀是吧？我不知道妳是偵探還是什麼，可是這怎麼可能——」

「教授是被殺的，遭到某個人的毒手。」

「怎麼可能——！」

這次換千騶小姐沙啞一喊後，一個踉蹌打翻了手邊的茶杯。

「我說妳啊，妳剛才也看到死者本人親筆寫的遺書了吧？」

「欸，等等，鏑木。小姑娘，妳敢這樣斷言，應該有什麼證據吧？」

「員南先生！你難道當真相信這種小孩子說的話嗎！」

「我沒有當真相信也不是當家小生。只因為她是發現死者的三人之一，所以認為應該聽聽她的說法罷了。然後呢，女學生偵探小妹，妳的推理是？」

「我還沒有解開所有謎團，不過有些疑點讓我覺得若是自殺的話很不自然。首先是動機。」

我一邊整理自己的想法，一邊刻意放慢說話速度，猶如正以檯燈照著光線昏暗的腳下，謹慎前進。

「教授長久以來一直希望得到某本書，就是我今天帶來的《幽靈與靈魂的研究》。」

我再次解開包袱，拿出那本書給眾人看。

「『穀雨堂』的老闆枯島先生在很早之前就受教授請託，如果找到這本書，務必要賣給他。事實上，昨天教授接到『穀雨堂』的電話時，也表示希望老闆能夠立刻把書送來給他。這麼期待得到的書就在眼前了，他有可能自殺嗎？」

對於我的問題，員南刑警沒有半句回答。他的表情對於如何判斷這情況，持保留的態度。

我沉默了一會兒才繼續往下說：

「接著是教授使用的槍枝種類。我對槍枝並不了解，不過那把槍是來福槍，不是西部電影裡警長用的手槍，對吧？就是槍身這麼長的槍。」

「嗯，永穗教授拿的雖是短步槍，不過槍身全長仍達一公尺以上。」

「如果是自殺的話，教授為什麼要選擇那種槍呢？」

我一邊說，一邊前往教授的房間。牆上裝飾著各樣種類的槍械，幽靈畫的隔壁就是槍，這實在是相當奇妙的組合。

「請看。教授的收藏品中也有小支的手槍。如果要自殺的話，用這個應該就夠了，為什麼要特地選那麼長的槍呢？使用那種槍朝自己的頭部扣扳機，也頗有難度，不是嗎？」

「這個嘛……我不清楚教授的理由，不過……使用來福槍自殺，一般都是以槍口對準自己，再用腳趾勾住並扣下扳機。戰時有不少軍隊採用這種方式自殺，所以也並非不可能。」

「或許的確並非不可能。可是，如果採用這種方式自殺的話，子彈應該是穿過臉的正面吧？

遺體卻是頭部側面中彈，這表示教授扣扳機時，臉是朝著完全不同的方向，不是嗎？怎麼看都覺得不自然。」

「他是看煙火看出神了吧。」

員南刑警這麼說，不過很顯然他不是當真這麼認為。

「教授是遭到其他人從其他方向開槍擊中，而且是以完全出乎意料的方式。」

「妳的意思是，有人趁著鬧哄哄的煙火大會潛入屋內開槍，然後像霧一樣消失嗎？」

「我想如果是親近的人，應該不至於太困難。」

「妳是說犯人就在家人之中嗎？」

聽到這番話，夫人和鐵太先生都屏住呼吸。

「我還無法斷定，不過……總之我們先查證看看。」

「查證？」

「乙繪女士、鐵太先生，你們兩位今天是幾點鐘出門的呢？」

我沒有回答員南刑警的問題，轉而詢問兩人。

「妳懷疑身為妻子的我嗎？哼，真想不到！」

乙繪夫人怒罵道，整張臉像熟透的蘋果般通紅。

「不好意思，我只是想確認一下。」

「哼！我因為工作的關係，早上一過九點就出門了！有問題的話，可以去問問公司。」

「我的話是等到雨停之後就去了朋友家，所以大概是過三點左右。我現在就把證人叫來給妳看看吧！」

「謝謝。也就是說，千翳小姐出門的那段時間，家裡只有教授一個人在，正好與教授死亡的推測時間吻合。假如是有人趁著這段時間侵入這個家……」

我一邊說話，一邊來到簷廊上。簷廊位在老師所處的後院對側。

我思考著，若無其事地找尋老師，他卻不在剛才的地方，也不在視線所及的範圍之內。他去哪兒了？——我還在思索時，員南刑警來到我身邊。

「從外頭進來的入侵者嗎？可是這屋子四周有庭院環繞。而且妳也可以看見，地上因為午後陣雨的關係，變得一片泥濘。我讓屬下四處檢查過了，沒有發現什麼可疑的足跡。庭院裡也沒有任何人的足跡。能夠找到的只有千翳小姐從後門進出留下的足跡，再來就是那邊那位長男朝正門玄關走去留下的足跡。剩下的就是前來拜訪的小姑娘妳，以及那位寫書的留下的足跡而已。」

「……也就是說，陣雨下完之後，就沒有其他外人進入這個家裡了。」

「這個家裡的每個人也都有不在場證明。那麼，殺害教授的人到底是誰？難道妳打算說，這個幽靈大宅有鬼怪從某處咻地出現殺死教授，然後不留足跡、倏地消失嗎？」

「請問——」

此時，鏑木刑警舉手。

「應該還有其他方式可以入侵屋子且不留下足跡吧？比如說，利用隔壁人家的屋頂爬過來等等。」

「我想只要多方搜查，一定能夠找到幾種入侵方式。問題是，這裡位在隅田川旁邊，今天又是兩國開川式，外面到處都是觀賞煙火的人。我認為在這種情況下如果嘗試不尋常的入侵方式，馬上就會被其他人發現。」

「啊啊……這麼說也是。」

他很遺憾呻吟完後垂下頭，不過很快又重新打起精神、抬起頭來。

「會不會是事先準備了與現場足跡一樣的鞋子，藉此進入屋子呢？」

「事先準備？對方怎麼可能預測到在今天犯案之前會下起陣雨？如果能夠預測的話，他早就選擇不會下雨的日子動手了，省得留下足跡。」

「不符合現實狀況……是吧。」

鏑木刑警再度垂頭喪氣。他分明直到剛才還主張教授是自殺，這個人到底支持哪一邊啊。

「那個……我留下父親出門的時候，把玄關和後門都鎖上了才離開。」

此時千翳小姐這樣補充。

「簷廊那邊的紙拉門雖然一直是緊閉的，不過玻璃窗沒有關上，所以實際上也沒有上鎖。」

理所當然紙拉門也沒有上鎖。

「簷廊……也就是面對庭院那邊吧。可是……」

鏑木刑警交抱雙臂嘟起嘴。是的，證明庭院裡沒有任何足跡的，正是警察。

「很難想像犯人試圖從簷廊或其他地方入侵。」

我重重吐一口氣。這樣一來幾乎可以說不可能是外來人士侵入了。

在一旁靜靜看著我們交談的員南刑警拍了幾次手之後說：

「好了，這下子懂了吧，沒有外來入侵者，永穗教授是趁著獨自在家時，自己扣下扳機。」

他的口吻像在催促，希望事件盡早落幕。

「不，如果不可能是外人的話，只剩下家人了。如此一來反而是縮小範圍了。」

「喂，家人的不在場證明，妳不也親自確認過了嗎？」

「說是確認，但終究只是當事人自己的說法而已。而且剛才我是預設有外來入侵者，但這個可能性幾乎已經不存在。」

「嘖……」

員南刑警明顯煩躁不堪，他的嘴唇彎成ㄟ字形，皺著眉頭。然而我不為所動，每天看著老師那張猶如磨利刀子般的不悅表情，我早練就一身好本領。

「妳是說，留下足跡的永穗千翳和鐵太，其中一位是犯人？」

「才不是我！我可沒做！」

被員南一瞪，鐵太先生縮了縮身子。

「鐵太，你從大學休學以來就老是在玩，最近也經常從家裡拿錢出去，還被父親罵……」

夫人往後退開一、兩步說道，拉開與兒子之間的距離。

「你曾經為了錢的問題和父親起爭執嗎？」

鏑木刑警反倒是若無其事地靠近鐵太先生。

「我的確經常討錢，也因此被老頭罵過，可是我不至於為了這個原因，開槍打穿自己父親的腦袋啊！」

「可是也不能說你完全沒動機吧？」

「怎、怎麼這樣！」

鏑木刑警更加明顯地逼近長男。

「請等一下，刑警先生。我還有事情沒有請教千翳小姐。」

「欸？千翳小姐？」

我看向站在母親和弟弟身後的她。

「千翳小姐，打從我們一見面，我就在想——」

「呃，是的？」

聽到千翳小姐回答，夫人和鐵太先生分別往左右退開，讓出一條路來。外頭傳來連續好幾發煙火打上天空的聲響。

「妳的夏季和服，好漂亮。」

「——咦？」

千翳小姐露出不解的表情，再次看看自己身上穿的夏季和服。

「謝、謝謝稱讚。」

「白底鈴蘭圖案，看起來很清爽且十分適合妳。這是妳很喜歡的夏季和服嗎？」

「喂，妳那是什麼鬼問題！為什麼突然聊起夏季和服？妳說想問的事情就是這個嗎？」

員南刑警忍不住插嘴。但是我沒有理會他，繼續往下說：

「不過，這種顏色一旦弄髒，就會很明顯吧？」

「是的，我的確很小心、避免弄髒。」

「比方說紅色的汙垢之類的。」

「咦——？呃……對不起，妳剛才說什麼？」

「喂喂，辮子偵探，用我也聽得懂的白話文說清楚啊，妳在講什麼？」

員南刑警催促著。

「刑警先生，請回想一下。第一位發現教授遺體的人是他的女兒，也就是這位千騶小姐。一聽到她的慘叫聲，我和老師立刻趕往遺體所在的房間，就見她站在遺體旁邊。當時已經是傍晚，再加上紙拉門全部緊閉，因此房內很暗。」

「嗯，我聽她本人描述過發現遺體的情況，這些都已經知道了。然後呢，有什麼不對？」

「當時老師立刻湊近遺體檢查脈搏，然後千騶小姐這麼說，她說：『沒用的……父親已經……死了……』」

「因為不管我怎麼搖，父親都沒有反應，再說我也姑且檢查過脈搏了。」

千騶小姐仍帶著不解的表情這麼說完，將視線從我身上挪開。

「妳的意思是妳拚命依偎在流血倒地的父親身上，確認父親的生死，所以才會知道父親已經死亡，是這樣沒錯吧？」

我再三確認的這番話，讓千騶小姐的臉上出現困惑摻雜煩躁的表情。

「我不是說了正是如此嗎？」

「那麼，為什麼沒有沾上呢？**為什麼妳的夏季和服上頭，沒有沾到半點血跡呢？**」

「那、那是——」

「在昏暗的房間裡看到大量流血的父親，我想一般人都會極度慌亂、無法冷靜，十分緊張不安。」

我一邊說，一邊將這個情況置換成是自己的父親，但我發現心情為此變得很陰鬱，於是阻止自己繼續想下去。

「千翳小姐事實上也發出響徹整棟大宅的慘叫聲，有這種反應的人，一定會連忙湊近父親吧。如此一來，鮮血應該會很自然地沾到身上某處才是。就連謹慎的老師也在袖口上沾到血，也不想想負責洗衣服的人是誰——」

先別說這個。

「妳穿在身上的夏季和服應該更是如此。只要沒有特別小心，無論如何衣襬都應該會碰到榻榻米上的鮮血。然而千翳小姐的夏季和服卻連一點血跡也沒有沾到，還是乾淨如新。」

這次在場所有人都看向千翳小姐清爽漂亮的夏季和服。

「我……我是……！」

千翳小姐當場腳軟跪地顫抖。

我自認終於要說出真相了，緩緩深吸一口氣，抬頭挺胸。

「千翳小姐，妳當時並沒有碰妳的父親。妳不需要接觸他就能夠確認生死，因為殺害妳父親的沒有別人，就是——」

就在這時候。

「哎呀呀，外面真的十分熱鬧呢！暑氣也很要命！」

「妳本人……動的……手。」

情況完全出乎意料。老師居然挑在這時候進入房間鬧場，而且還莫名有活力。

「不過啊，日本人平常雖然成熟穩重，一有祭典就像變了個人似的幹勁十足，這到底是什麼原因呢？他們心裡認為只要是一群人，就能夠毫無忌憚地喧鬧嗎？自己一個人吵鬧時覺得很丟臉，不過當那個人、這個人也在吵鬧時，自己就不覺得難為情了——這類內向日本人常有的連鎖反應，就像中年上班族在日式咖啡館裡看到隔壁桌的男人在吃紅豆蜜時，會因此慶幸自己能夠跟著點而不用覺得丟臉的反應一樣！真是吵鬧死了！」

「欸，老師！你怎麼那麼突然！而且現在最吵的就是老師你啊！我聽到後來都聽不懂你在說什麼了！不對，更重要的是現在正是關鍵時刻——！」

眼前就是破案的時刻了！你為什麼要這樣！為什麼！

「啊哈哈！雲雀重要的辮子像刺蝟一樣豎起了。」

「我說，身為偵探的我現在正要說出非常非常重要的事……以《蘋果之歌》來打比方的話，現在正好唱到了『蘋果好可愛呀～好可愛呀～蘋果』的地方，總之就是最關鍵的部分……！」

「怎麼，妳還沒解決嗎？妳的說明太冗長無趣了，所以我剛才去外面逛了一下。」

「你說無趣！這可是推理！推理！說起來——」

還不是老師要我當偵探的——這句話我硬是吞了下去。

「推理？雲雀又使壞心眼了，妳準備故意說出和真相相反的答案，把刑警耍得團團轉吧。」

「和真相相反……？咦咦！相反？」

我連忙湊近老師耳語：

「這話是什麼意思？難、難道我的推理……錯了嗎？」

「打個比方，就像是妳要去東京車站，卻自信滿滿在四谷車站下車一樣離譜吧*註6。」

簡言之就是大錯特錯。

「嗚嗚嗚……！」

「別發出幼犬被棍子打到的聲音。對準妳該前往的方向，接著只要繼續往前衝就好。」

老師低聲說完這些話把我推開。

老師的鬧場瞬間就改變了現場氣氛，在場所有人都說不出話來。

鏑木刑警終於戰戰兢兢率先開口：

「請問，那邊那位是誰呢？」

他指著老師身旁。

是的，老師身邊帶著一位陌生女子，二十五歲左右、有著豐腴體型的健康女性。老師微微一

*註6　兩個車站位在相反方向。

笑，把手擺在那位女子的肩膀上。

「這位是小美。」

「……誰？」

「住在附近的美千代，二十四歲單身，在纖維工廠工作，最喜歡的演員是？」

「鶴田浩二！」

「她是這麼說。」

被老師稱為小美的女子紅著臉仰望老師，老師明明長得一點也不像鶴田浩二。

「美千代是我閒話家常的好友，也就是我傍晚去打擾的那戶人家千金……」

千翳小姐似乎終於恢復精神，膽怯地向我們說明。

「剛才久堂老師問我去哪戶人家聊天時，我就告訴他了。」

「警方一直沒有打算前往調查，所以我就過去看看，順便打發時間。」

在我展現我的推理時，他在做這些事情嗎？

「小美很樂意配合我調查。順便補充一下，她與千翳小姐聊天時的情況是這樣：小美傍晚在自家前面看到千翳小姐，於是和她打招呼，兩人就這麼熱烈聊著天，後來還在簷廊上坐下繼續聊。她們聊著本月首映的電影、小美最近心儀的青年同事云云。」

「哎呀，須藤先生討厭啦！不是約好了不說嗎！」

小美雙手遮臉害臊著。不過，誰是須藤先生啊？算了，大概是老師半帶著好玩的念頭胡亂報上的名字吧。

「那麼，小美，妳還記得妳與千翳小姐具體而言聊到幾點鐘呢？」

「嗯，我遇到小千是六點過後，過了一會兒就開始放煙火了，我們還說今年的煙火也很漂亮，然後繼續聊了一會兒，就互相道別了。我這個人一不小心就會聊很久——」

「煙火開始施放的時間是？」

員南刑警走近小美打斷她的話，以手指敲敲手錶問道。

「我想想……應該是七點開始，鎮上的廣告傳單也有寫。」

她往後退一步說，似乎有點害怕員南刑警。

「小千，我說得沒錯吧？」

「是的，我回到家是七點二十分左右。」

於是老師輕輕點頭。

「接著恬不知恥的雲雀就來訪了，臉上充滿因煙火而雀躍的無憂無慮，還哼著難聽的歌。」

「說我恬不知恥是什麼意思！」

「請問！從剛才這些內容來看，千翳小姐……」

這次換鏑木刑警舉手打斷我的抗議。我不悅地鼓起臉頰卻沒人在乎，氣死我了。

「是的，案發當時，千翳小姐原本就有不在場證明，我現在只是請這位見一個愛一個的小美小姐幫忙證實而已。」

「原來如此。意思也就是說？」

鏑木刑警一邊聽著老師的話，一邊在筆記本上寫字。該不會是寫了：『小美——見一個愛一個的女人』。

「也就是說……這是怎麼回事呢，雲雀？」

其他人問老師結論，老師卻冷不防轉向我尋求答案。我頓時很慌亂，就像他寫作寫到一半突然把筆交給我一樣。

「也、也就是說……呃、呃……對了！殺害永穗教授的犯人，另有其人！」

我抬頭挺胸如此斷言，就像在延續剛才沒說完的推理。所有人目不轉睛看著我，我感到莫名歉疚。

「到底誰才是真正的犯人啊！請別再裝模作樣了，快點告訴我們！」

鏑木刑警彷彿在乞求某種許可，逼著我要答案。他不曉得什麼時候也對我用起了敬語。

「呃，這個……」

這下可好，該怎麼辦呢？

煙火表演也快要進入高潮了，我的推裡卻還是沒有頭緒。

走進死胡同了。

「要不要休息一下？我再去泡茶。對了，家裡有好吃的桃子。千翳，妳可以幫我削皮嗎？」

此時夫人這樣提議，這句話真的救了我。該怎麼說呢，乙繪夫人這個人積極且腦子動得快，我甚至有些羨慕。

總之，我因此有了思考的時間。必須趁現在掌握線索才行。

「感謝妳幫忙。希望妳回去的路上不會遇到看煙火的觀光客搭訕。」

「哎呀，須藤先生真愛說笑！」

老師站在後門微笑揮手，目送美千代離開。

我抓住老師的手，拉著他來到走廊深處。

「怎麼，女孩子居然把男人強行帶到這麼暗的地方，很沒教養喔。」

老師敲著我的腦袋說。

「少囉唆！更要緊的是，老師，你又在享受誤導我的樂趣吧！害我剛才差點把千翳小姐當成犯人了！」

「所以我不是在千鈞一髮時介入、阻止慘劇發生嗎？」

那個情況從各種角度來看的確是千鈞一髮。

千翳小姐拿座墊給兩位席地盤腿的刑警。或許是她在千鈞一髮之際排除了嫌疑，因此多少恢復了一點心力招呼其他人吧。

懷疑了妳真對不起！我在心裡像鼠婦蟲一樣蜷曲成一團，頻頻道歉。

「好了，妳已經推理到這裡，距離真相只差一步。」

「雖然你這麼說……我遇上瓶頸了呀，怎麼可能還有其他犯人……」

沒有半點線索。我的心情就像在大霧裡登山的登山客。

「對於偵探來說，真相不一定總是近在咫尺。」

說完，老師推著我的背。

「而且既然有機會休息，不如暫時去簷廊那兒欣賞煙火吧。」

「……你怎麼突然這樣。總覺得不管老師現在說什麼，聽來都像是騙人的。」

「啊哈哈。」

他笑著，仍舊溫柔陪伴著我。只要他對我出現這類舉動，我總會不自覺失常。

是的，老師偶而會像這樣對我很體貼。我對於這一點莫名怨恨。

之前有一次，我一如往常送咖啡豆去老師家，半路上卻扭到腳。當時老師難得沒有挖苦我，反而把我抱進屋裡，還要我暫時休息一下，甚至為我準備了繃帶。

當然在他抱我進屋時，我就像被捕獸夾抓住的野生狐狸一樣掙扎著。

我還記得自己頻頻喊道：「你打算趁我沒留意的時候，把我狠狠摔在地上吧！」或「你又想要用從昨天起就沒刮的鬍渣，磨蹭我的臉頰欺負我吧！」諸如此類。

可是，結果老師沒有任何惡意或其他想法，只是讓我靜養而已，我因此嚇了一大跳。

過了幾天，我告訴枯島先生這件事，他十分同情地對我說：「妳平常到底遭到學長多少虐待啊？」

我不需要同情，事實上老師一直以來總是對我很過分。雖然因為我們相處多年，我已經完全麻痺了，不過在旁人眼裡看來，老師對我的態度只有不合理和毫不留情。我們的關係就像是地獄裡的獄卒和可憐的亡魂，因此我對老師有著如同野生狐狸般強烈的防備心，這也是理所當然。

然而，他有時候又會像這樣朝我溫柔地伸出手。只要這樣，我就會忘記他過去對我做過的無數惡作劇，並且握住他的手。

「老師的惡作劇……感覺真下流！」

「妳一個人在自言自語什麼？妳的腦漿流失了一千公克嗎？」

「那不就差不多是全部了嗎！」

結果我們又以一貫的態度一邊拌嘴，一邊從簷廊望向後院。

調查現場的鑑識人員已經離開，所以永穗家多少又恢復了寧靜。

不過外頭的兩國開川式煙火已經進入高峰，熱氣蒸騰的氣氛彷彿強調現在正是日本的夏天。

山茶花樹叢圍籬勉強能夠擋下那股熱氣，鎮守住後院的祥和。冬季開花的樹叢圍籬仰望夏季的煙花，這模樣宛如插畫明信片。

「咦？怎麼只有那裡沒什麼精神呢？」

仔細一看，只有一棵山茶樹的枝幹長得特別差，應該說幾乎快枯死了。那棵山茶樹樹高比我還矮，無精打采的站姿就像被兩側的山茶樹鄙視，令人不免幾分同情。

又一枚煙火咻地打上天空。

「永穗教授想必很遺憾吧。」

我望著夜空，喃喃說出這句話。

「我當然不可能知道死者的心情，不過在這麼漂亮的煙火即將施放之前突然被射殺……而且也沒拿到一直想要的書……」

我帶來的書依舊包裹在布巾裡擺放在房間角落。那副看起來不知何去何從的模樣，讓我更加心痛。

老師等待一枚大煙火綻開並散去後，說：

「在讀到萬分渴望的書之前就離開人世，我能夠明白那種痛苦，不過煙火又是如何呢？」

「什麼意思？」

「根據推測死亡時間思考的話，教授很可能勉強趕上了看煙火。也不一定是在煙火施放之前就被殺。」

「……啊啊，如果是這樣，雖然只有一點點，教授還是看到了煙火呢——」

說到這裡，我緘口。

「犯人怎麼可能基於同情，特意等到煙火施放的時候才動手……」

不對，再怎麼說也不可能有犯人如此浪漫，到時又會被老師恥笑想法太天真。我這麼一想，抬起頭，就見老師居然露出滿意的笑容。

「著眼點不錯。是的，犯人非得等到煙火施放時才能動手，是因為施放之前不方便。」

「非得等到煙火施放才能動手？等待煙火開始施放……意思是……啊！」

「注意到了嗎？重新想想就會發現其實很簡單。」

考慮到凶器是什麼，就會發現理由的確很簡單。

「為了掩飾槍聲，對吧！犯人利用鄰近的煙火施放聲響當作開槍的掩護！」

煙火施放地點近在咫尺，而且煙火聲響十分驚人，在我們抵達這個大宅時也見識過了。

「是的，槍聲。教授還來不及質疑，已經頭部中彈身亡了。他手裡握著槍，子彈也相同，也驗出了硝煙反應，再加上推測的死亡時間大致上已經掌握，大概是因為如此，所以沒有半個人注意到這個問題——槍聲。唯有槍聲的下落仍飄浮在半空中。槍聲究竟去哪兒了？被藏在哪裡？」

「槍聲被藏在煙火裡。」

「如果是這樣，那麼情況也就不同了。看不見的東西已經顯現出來，應該就能夠做出一番新的推理。」

我一邊用手指玩弄自己的辮子，一邊靜靜思考。

「就像手槍的子彈一樣，老是筆直前進很快就會碰壁。拉大視野，試著從另一個角度遠觀整起事件，或許妳就能夠找到出路。」

槍聲能夠配合時機消失。也就是說——

簷廊的脫鞋石上擺著一雙拖鞋。我朝著待在房間裡的員南刑警說：

「刑警先生，可以進入庭院了嗎？」

「嗯，鑑識調查已經結束，只要別去碰庭院裡的東西就沒關係。」

「謝謝。千翳小姐，拖鞋借我！」

接著我徵得千翳小姐的同意後，套上拖鞋踏進庭院裡。

腳底感覺到潮濕的觸感。我踮起腳尖，目不轉睛地看著那棵快枯死的山茶樹，同時謹慎望向樹後能看見的風景。

接著，我連忙回到屋裡，向坐在榻榻米上、正要伸手拿桃子的員南刑警說：

「其他人到哪裡去了？」

「又回到廚房去了。」

我壓抑急切的心情趕往廚房。永穗家的人各各面露難以形容的神情在廚房裡說話，似乎正在商量葬禮、這個家的未來云云。
「哎呀，妳要再來杯茶嗎？」
夫人注意到我，對我說。
「或者是，呵呵，想要瞞著大家品嚐我珍藏的長崎蛋糕？」
「長……長崎蛋糕！」
超級想吃，我十分想要嚐嚐。不過現在——
「謝謝您的盛情。不過在那之前，有件事情我想先問問。嚼嚼嚼嚼～」
「說什麼『在那之前』……妳不是已經吃下肚了嗎？然後呢？妳要問什麼？」
「您有這一帶的地圖嗎？」
「地圖？我想那邊的櫃子裡應該有。」
我接過地圖，當場攤開。
「這孩子怎麼了？」
見我緊盯著地圖瞧，鐵太先生的語氣裡有些畏懼。我的表情那麼駭人嗎？
「夫人，謝謝妳借我洗手間。」
此時一臉悠哉的鏑木刑警走過，我連忙抓住他。
「鏑木先生，有件事情要拜託你！」

「什、什麼事？」

他因為我的氣勢而畏縮，當場挺直背部。

「有個地方我希望你替我跑一趟。」

「哪裡？」

「犯人家！嚼嚼嚼嚼～」

第三章　以那隻宛若十月紅葉般的小手

這感覺，簡直就像是從我的頭頂乒地施放出一朵小小的煙火。

我希望趁著自己的靈光乍現仍清晰時說明一切，於是再度在榻榻米房間的矮桌上攤開地圖。

「怎麼，妳這回要做什麼？」

員南刑警注意到我的舉動走了過來，永穗一家也紛紛湊近看向地圖。所有人就像在望著乾涸的水井，說著「真的連一滴水也沒有了嗎？」一樣。

「這裡是永穗家。然後後側，隔著馬路的對面這一戶是真田先生家，他們家是兩層樓的大房子。我不清楚他們家詳細的家族成員，不過傍晚時，我曾有機會和老爺爺聊上幾句話。」

「啊啊，真田爺爺啊。每次只要在附近遇到那個人，他總會說：『妳今天看來也很年輕呢。』藉機搭訕，真的討厭死了。」

說是這麼說，不過夫人的臉上一點也沒有討厭的樣子。而且那個與其說是搭訕，比較像是一般的客套話吧。

先不提那個——

「那位爺爺身體很硬朗呢。」

「那個老頭對我很冷漠。」

鐵太先生一臉不感興趣地說。

「前面的廢話就省了，直接告訴我們結論。」

員南刑警劃著火柴這麼說。他似乎想要抽菸，卻因為濕氣的影響，遲遲點不著火。

我等著他放棄點菸之後，說：

「我已經知道犯人家在哪兒了。」

於是，原本湊近看地圖的所有人各各驚呼出聲。

「我先說清楚，避免誤會——這件事和真田家的人無關。」

「犯人住在附近嗎？」

「我一直以過於狹隘的角度看這起事件，因此有先入為主的觀念，誤以為事件發生時所有必要條件都已經在這個家裡，所以也以為真相就藏在這個家裡。」

「必要條件都在這裡？」

員南刑警明顯露出不解的表情搔搔頭。

「遺體和凶器打從一開始就在這個家裡，所以只看狀態的話，很難看出這是他殺。刑警先生們也因此一開始認為是自殺。」

「嗯，原來如此……」

「條件太過齊全了，卻唯獨犯人不在這個家裡。因為犯人在永穗家外面。」

「可是，這一點一開始就查證過了吧？大宅四周沒有外來人士的足跡，而企圖掩飾足跡可採用的方法又太引人注目，所以不可能採行，這些我們不是都確認過了？所以入侵者——」

「的確不存在。」

我說到這裡停住，環視所有人的表情。我也需要時間整理自己的想法。

「犯人與入侵者，這兩者原本就代表著完全不同的意思，然而在這起事件裡，我們卻不自覺把兩者當成同樣的意思。我們認為一定是有人入侵，那個入侵者一定就是犯人，犯人一定就在某處，如果犯人待在某處的話，一定會留下入侵的痕跡。可是，犯人根本打從一開始就不曾踏進這棟屋子半步，那個人一直在外面，沒有進入永穗家就殺死了教授。」

「犯人究竟是怎麼辦到的？」

員南刑警粗魯地以手支著矮桌問道。他刻意壓低了聲音。

「就是用那把九九式短步槍射殺教授。」

「這個不是一開始就知道了嗎！可是那把槍被永穗教授握在手裡，總不可能犯人從外頭開槍之後，再把槍丟進屋裡吧？如果犯人能夠這麼做的話，早被路上往來的行人懷疑了。就算犯人有辦法偽裝自己，無論如何也需要進入這棟屋子吧！」

「假如犯人射殺永穗教授的槍，不是教授手上的那一把呢？」

「……妳說什麼？」

我聽見有人倒抽一口氣的聲音。

「犯人用另一把槍，從某處狙擊待在這個家裡的永穗教授。這麼一想的話，找不到入侵痕跡也就說得通了。」

「犯人特地準備相同的槍嗎？如果是完全相同種類的槍，要檢驗膛線的確更花時間……不能從買槍途徑找尋線索嗎？」

「沒辦法。犯人恐怕是知道自己擁有與永穗教授相同的槍，才會想到這種作案方式。首先有了凶器，再策劃詭計，最後轉而執行。」

犯人特地等到放煙火這天，精心布置這一切才開槍射擊，所以不可能冒險去弄一支相同的來福槍當作凶器。

「然後……犯人究竟是從哪裡開槍呢？」

「我接下來會說明這一點。」

我起身走向後院，再度穿上拖鞋，站到樹叢圍籬旁邊。所有人跟著我也來到簷廊上。

等所有人都到齊了，我指著那一棵無精打采的山茶樹。

「這棟大宅四周有山茶樹圍籬圍繞，卻只有這一區的樹明顯較矮。」

「這麼說來，我之前就覺得奇怪，怎麼只有那棵樹沒有精神。我記得負責替庭院樹木澆水的人是千翳吧？」

夫人若無其事地試探千翳小姐，她卻只是低著頭沒有回答。

「千翳？這到底是怎麼回事？」

「千翳小姐，妳在這個夏天，不，或許是從更早之前開始，就刻意幾乎不給這棵樹澆水，對吧？」

「那……那是……」

「千翳……妳不是一直很悉心照顧那些樹嗎？」

「姊，這是怎麼回事……？」

看到她的反應，夫人和鐵太先生臉色顯得更加不安。

「她為什麼這麼做？答案就是為了製造這個縫隙。」

我指著枯樹後側。

「為了讓樹叢圍籬變低，方便看到外面。這就是她的目的。」

由於調查矛頭再度轉向自己身上，千翳小姐終於死心點頭。

「可是，這孩子為什麼要做這種事……」

夫人說完後，現場正好因為煙火暫時停止，充滿詭異的寂靜。千翳小姐右手緊抓著左手衣袖，沒有回答。臉上的表情彷彿在拚命等待某個可怕的東西過去似的，充滿悲痛。
「為了見到她所愛的人。」
屋裡傳來老師的聲音，從我站的地方看不到他。老師的話彷彿某首詩的一句內容，回響在寂靜的庭院裡。也是這個原因，冷血地把猶豫不決的人強行逼著進入下一個舞台。
「計劃好趁著夏天要讓那棵樹長不高，年輕姑娘必須如此費心的原因，除了愛情之外，還有其他的嗎？」
老師如此斷言，聽起來像是故意用這種語氣說話。
我泰然自若地接著老師的話繼續說下去。
「千翳小姐總是在後院的這個位置悄悄等著，等待從樹叢圍籬另一側路過的戀人。有時是巧合，有時則是約好如此。然後他們兩人為了避免家人發現，迅速互換眼神或聊上一、兩句。」
「為了避免家人發現……？她與黑峰先生已經正式訂婚，兩家人也樂見他們交往，即使不用這種方式見面也應該……」
「夫人，您的千金一直在私會的對象，不是那位黑峰先生。」
「欸？老師，你剛才說了什麼！」
夫人以聽見本日最震驚消息的表情轉頭看向老師。
「難難難道你是說……我家女兒和別的男人有不清白的情誼……！」

夫人驚慌失措逼近老師，老師卻一溜煙地躲開。

「那位姓黑峰的男人，不是這一帶的人，而且與千翳小姐同輩，對嗎？」

「為什麼問起這……」

「您自己提到今天要『**帶他逛逛這附近**，一起看煙火』、『年輕人明年還是可以一起欣賞煙火』云云。」

是的，如果是住在這一帶的人，就不需要有人領路了。

「而犯人，也就是千翳小姐思慕的對象，則是住在這附近，年齡恐怕在三十五歲或者大於這個年紀。」

千翳小姐的肩膀微微顫了一下。

她思慕的對象。對了，我們剛抵達這棟大宅時，曾在玄關那兒聊過這件事。然後千翳小姐這麼說，她說她正要和那個跟老師同輩的男子去看煙火。

「這件事情一開始不是千翳小姐自己提起，而是老師稍微推理之後猜中的，所以我想千翳小姐一定很驚訝，同時也感到焦慮，畢竟雖然只是猜中年紀，但老師居然一眨眼就能看穿她有個連家人都不知道的思慕對象。她不自覺肯定了老師的答案之後，八成又有幾分後悔。」

話雖如此，她恐怕也沒料到這件事居然會變成解開事件真相的關鍵吧。

千翳小姐倚著被太陽曬到褪色的紙拉門勉強站著，發青的嘴唇正在顫抖。老師靠近她，這樣問道：

「篠川百彌，這位才是妳真正思慕的人，是嗎？」

「你、你為什麼連名字也……！」

她以痛苦的表情仰望老師。老師帶著一如往常沒有任何情感的微笑說：

「我根據某個推論找到了他住的地方，所以去小美家拜訪時，順便稍微繞過去看了看門牌，也向附近的住戶打聽過了。篠川百彌，現年三十五歲，父母親已經過世，今年獨自搬來這附近的小空屋居住。這些條件正好符合名偵探雲雀小姑娘所推論的人物側寫。」

我不解為什麼這會變成是我的推論，不過我決定什麼都先別說。

「篠川是……那個男人！」

聽到老師的話，夫人似乎想起什麼而驚呼。

「夫人，妳想到什麼嗎？」

「呃，不，那個……」

被員南刑警一問，乙繪女士稍微轉了轉眼珠子說：

「篠川百彌以前……大約已經將近十年前了吧……那個時候曾經擔任過千翳的家庭教師。後來他的父親百介先生因為經商失敗，於是一家人搬到其他地方去了。」

「是的，不過他今年一個人搬回來了。自然是為了千翳小姐。」

「對……對了！我早聽說附近有新住戶搬來。不過那個人不太出現在街坊面前，而我也忙於工作沒有留意……我記得有新房客遷入的屋子就在真田先生家的……」

「另一頭。」

也就是說，篠川家、真田家、永穗家的地理位置正好連成一線。

「然後，從篠川家隔著真田家射殺在這間屋子裡的永穗教授的，正是篠川百彌先生。」

應該說，當時只有從篠川先生的屋子，才能夠射殺教授。

「犯人就是百彌先生。」

「妳說謊！」

此時千翳小姐突然近乎慘叫，手指甲深深抓著簷廊的柱子顫抖。她的黑髮從額頭上落到臉頰上，樣子就像一幅美麗的幽靈畫。

「千翳！振作點！」

夫人連忙攙扶住她的肩膀。

「妳是說，對方是從隔著一棟屋子外的地方射擊？少說蠢話了。永穗家是平房，相反地，蓋在永穗家與篠川家之間的真田家是兩層樓建築，所以無論凶手如何瞄準，都會被建築物阻擋。這怎麼想都不合理吧！」

員南刑警這樣反駁時，我朝著樹叢圍籬外、鄰居家的方向大力揮手。

「……喂！聽我說啊！」

四周雖然昏暗，不過靠著月光和煙火，勉強能夠看到對方。

「妳到底在做什麼？這孩子從剛才就怪怪的，該不會真被幽靈附身了吧……」

鐵太先生終於一臉恐懼地說。可是我絲毫不以為意，繼續揮手。結束揮手動作後，我靜靜深呼吸完，轉向所有人。

「看樣子犯人篠川先生還在家裡。」

「咦咦！」

「剛才有人從對方院子那兒打暗號通知我。」

「等一下……等一下等一下！妳給我說清楚一點！我從剛才開始就完全跟不上了！打暗號？誰啊？」

員南刑警已經忍無可忍，往前邁出一步，氣沖沖地說道。我以在場所有人都可以聽見的清晰聲音說：

「打暗號通知我的是鏑木先生。」

「鏑木……？啊，這麼說來我還在想那傢伙跑去哪兒了！」

「總之，從這裡看出去的話，我想你應該就能明白了。」

「看樹叢圍籬外面……？妳當真嗎？膽敢胡說八道的話，我就拿妳當作犯人抓起來！」

員南刑警急忙去玄關那兒穿上鞋子、繞到後院來。

「然後呢，從這裡能夠看到什麼？」

「篠川先生家。」

我把自己原本站的位置讓給他。

「啊？從這裡能夠看見的，頂多是馬路和位在後面的真田家圍牆而已吧……？算了，我親自看看就知道了。」

他不情願地湊近看向樹叢圍籬的另一側。

「不出所料，能夠看見的只有木板圍牆和真田家的屋子……嗯？……啊！」

員南刑警原本正要說出事先想好的那番抱怨，卻說到一半停住，忍不住驚呼後轉頭看向我。

「看、看得見，可以看見！根本看得一清二楚啊！」

然後他再度專注看著樹叢圍籬的另一側。

「鏑木那混蛋居然朝著這邊揮手！那個傻瓜在興奮些什麼！」

「真像在百貨公司樓頂用望遠鏡看風景的小朋友。」

「你少囉唆！」

他咒罵開口嘲笑的老師，視線仍舊緊盯著圍籬外頭。

「什麼意思？」

夫人原本像在觀賞戲劇一樣，待在簷廊上看著我和員南刑警唇槍舌戰，可是她終於也忍不住開口問說：

「究竟能夠看到什麼啊！」

「一如員南先生原本所說，從這兒能夠看見的，首先是真田家的木板圍牆，老舊的木板圍牆會遮住視線。若是平常的話，只能夠看到這樣，然而今天不同。」

「木板圍牆壞了……」

員南刑警喃喃自語說。

「是的。聽說昨晚出了點意外，後院——以方位來說就是北方——的木板圍牆遭人破壞。然後，我們也因為這樣，能夠看見真田家的情況。」

「妳說圍牆壞了？」

鐵太先生驚訝地張大了嘴，他似乎一點也沒察覺。

員南刑警此刻應該能夠從壞掉的木板圍牆縫隙，看見圍牆後側的真田家簷廊。我剛才正好看到真田爺爺在簷廊上配著少量的醬菜和煙火，喝著睡前小酒。

然後，再往遠處看過去的話——

「我試著回想與真田爺爺聊天時的情況。爺爺這樣說，他說：『反正玄關那兒也沒有任何圍牆。』也就是說他們家的屋子沒有密不透風的圍牆包圍。不曉得是那位爺爺的個性本身如此，或是他們不在意鄰居的視線。」

「然後呢，那又如何？」

鐵太先生似乎仍舊無法理解，不斷追問答案。

「破壞圍牆的人毫無疑問就是犯人。而且他為了配合自己審慎規劃的槍殺教授計畫，破壞了他所需要的位置。當然，如果是其他時間或其他日子，視線仍然會被真田家緊閉的簷廊落地窗或紙拉門遮住，可是今天不同，犯人知道唯有今天家家戶戶都會把門窗打開。每戶人家也的確把遮雨窗、落地窗、紙拉門全都打開，一同仰望天空——」

一枚氣勢十足的大煙火再度射上天際，啪啦啪啦如雨滴反彈的聲音響徹整個市鎮。

「為了感受夏夜晚風，同時欣賞煙火。」

真田家打開了所有門窗，因此風能夠從南往北貫穿，就像隧道一樣。

也開出了一條可由篠川先生家通往永穗家的通道。

犯人射出的子彈因此得以穿過真田家屋內，不受紙拉門或落地窗阻擋，穿過後院破損的木板圍牆縫隙，穿過永穗家變矮的樹叢圍籬縫隙，最後擊中待在自己房裡的永穗教授頭部。

「怎麼可能有人能夠做出這種高難度的把戲，跟穿針孔沒兩樣……」

「沒有到針孔那麼誇張。破損的木板圍牆縫隙和樹叢圍籬縫隙，目測也至少有五十公分左右。因為木板圍牆和樹叢圍籬之間有各式各樣的物品，所以乍看之下會覺得需要高難度的技巧。

可是在犯人眼裡看來，通往標的的直線上其實沒有任何障礙物。開槍那瞬間，真田家的人都在看煙火，所以全家人應該正悠閒聚集在一處。而路上行人雖多，卻也都忍不住停下腳步仰望天空。」

事實上，我在那瞬間也停在路上抬頭仰望了。

「然後，犯人與永穗教授的直線距離大約不到五十公尺。只有短短五十公尺。我對槍枝不是很了解，不過九九式短步槍的射程範圍應該至少也有數百公尺吧？」

聽到我這麼問，員南刑警當下沒說話，等於是間接肯定了我的說詞。

「也就是說，那把槍可用來射擊只在這麼一點距離外的目標。再加上犯人具備使用那把槍的知識與技術，因此射擊坐在相隔一棟屋子外、榻榻米房間裡的目標，應該不是太困難。」

「原來如此，或許的確不難，可是犯人也必須真的具備槍枝知識與技術，這種說法才能成立啊。小姑娘是基於什麼理由能如此斷言呢？」

「讓我產生這種想法，是因為篠川先生的年紀。」

「年紀？我記得剛才說過是三十五歲……對了！從軍！」

「這個年紀的男人過去應該都曾經拿過步槍。」

「那傢伙在戰爭時一定上過戰場！所以很擅長用槍……」

直到大約十五年前，日本正與同盟國為敵在打大東亞戰爭*註7。因此當時多數年輕人都受到徵召去當兵，加入了軍隊。

當時的年輕健康男性大多數都有同樣的經驗。

「篠川先生曾經因為貧窮被趕出住處，現在也獨自居住在小房子裡，所以不可能擁有私人槍枝收藏。那把槍恐怕是他過去使用的物品，在戰爭結束之後，他偷偷帶回家。至於把槍帶回家的原因是基於私人因素，或是希望在混亂的時代中保護自己，這點我就不得而知了。」

我突然注意到有隻雨蛙蹣跚走在泥濘地面上，大概是因為午後那場陣雨跑出來卻迷了路吧。我一邊說話，一邊讓雨蛙跳上手指，把牠送到山茶樹葉子的附近。雨蛙幾分躊躇後跳上葉子。

「篠川先生一直在等著今天的到來。過去曾經住過這一帶的他，十分清楚兩國開川式的煙火時間和聲響，也知道附近家家戶戶會把簷廊落地窗打開欣賞煙火，知道教授總是在固定的時間待在自己房間裡清理槍枝。因此他利用這幾點，趁著煙火大響時扣下扳機，讓子彈穿過民宅和樹叢圍籬射殺教授，趁著每個人都在看著天空中的煙火時，在底下完成這項可怕的罪行。我所說的一切當然只是根據環境證據，至於動機等方面，晚一點再去請教篠川先生本人吧。」

「等一下！」

員南刑警粗魯打斷我的話。

＊註7　大東亞戰爭為日本國內對於第二次世界大戰時，發生在遠東和太平洋戰場之戰爭的總稱。

「我還有一個地方無法理解。教授死亡時，房間的門窗全都是緊閉的啊！」

「這個簡單，有共犯事後把門窗關上了。」

「妳說有共犯？」

「就是千翳小姐。」

我雖然百般不情願，但還是說出了那個名字。

聽到這句話，夫人與鐵太先生驚呼，表情就像淋到冷水一樣。

「可、可是這孩子有不在場證明，不是嗎——」

夫人勉強擠出這句話。

「如果只是事後布置現場，她也無須在教授被殺當時待在現場，千翳小姐的不在場證明也因此失去意義。再者，還有一個我前面提過的證據。」

我為了讓夫人和員南刑警明白，轉過身面對他們，並看著千翳小姐。千翳小姐也沒有逃避我的注視，目不轉睛地回望著我。

「沒有沾到血的夏季和服……」

「因為她有不在場證明，所以這件事我們暫且沒有追究，然而還是沒辦法解釋夏季和服為什麼乾淨到不自然。如果按照稍早之前的推理，她早已知道父親死亡的話，這一切就說得通了。」

恐怕千翳小姐從外頭回來時，已先確認過父親頭部中彈，然後她立刻關上所有門窗。晚了幾秒鐘之後，我和老師正好來訪。

「如果是這樣，那麼遺書怎麼解釋！」員南刑警再度怒吼。他的語氣裡已經不存在禮貌這種東西了，大概是受不了開口沒好話的寫書人和小女孩任意妄為的說明方式吧。他劍拔弩張的態度，彷彿是自己遭到懷疑似的。

「刑警先生，已經夠了。」

從剛才開始始終低著頭的千翳小姐靜靜開口。

已經夠了——她又說了一遍，然後微笑。

「真是可愛的偵探。是我們輸了，全被妳看穿了。」

她臉上的表情彷彿接受了現實。

「千翳……妳真的……！」

夫人雙手用力搖晃女兒的肩膀。

「的確是我關上父親房間的門窗，為了讓他看來像是自殺。是的，我也同樣有罪，我也是殺害父親的罪人。」

千翳小姐不動聲色地脫離母親的雙手，抬頭挺胸站直這麼說。相反地，夫人卻是當場無力癱坐在地上。

「我有個喜歡的人，早在好久、好久之前就喜歡他，從我仍是小孩子的時候，我就一直好喜歡那位名叫篠川百彌的男人。」

她彷彿正以寂寞的語氣，訴說無人知曉的童話故事。

「百彌先生是我的家庭教師，我當時還是年紀很小的學生。那個人不只是教我課業，也教我聰明的選書法、這個世界的模樣，以及愛上一個人的心情。剛開始是我單方面憧憬對方，當時的我就像野丫頭一樣頑皮，對方根本不把我當一回事。可是，即使被當作是小孩子，我還是一心一意對他傾心，一點也不覺羞愧。我以我自己的方式直接卻又默默地喜歡著他。

那個人有時會出現陰鬱的眼神。剛開始我不明白為什麼，直到某天，我才知道他是因為戰場上慘無人道的經歷，才會有那種眼神。從此以後，我對他的心意益發強烈。我打從心底想要守護那個人。

然而，在我十五歲那一年，他卻搬家了。我為此放聲大哭，甚至以為我的眼淚將使得隅田川氾濫成災了。可是家人和身旁其他人對於我這個小女孩的眼淚，卻絲毫不以為意，以為我只是因為要和感情很好的哥哥分開而感到寂寞，或說要買新的衣服給我，要我別再哭了。但我當時覺得自己就像站在這個世界盡頭的邊緣，只要稍微被風一吹，就會跌入地獄。我原本希望能夠讓那個人看到我亭亭玉立的模樣，原本以為我們能夠以對等的關係一起走在隅田川邊。

後來過了幾年，某年春天，我與那個人再度重逢。就在隅田川邊。」

她不自覺稍微看向隅田川的方向，然後光著腳走進庭院裡，卻沒有人阻止她。

「我當時剛上大學，他則是剛進入附近中學當老師。此後，我們很自然會找時間在外頭碰面。我說：『你還是沒變呢。』那個人告訴我：『妳倒是變了。』我明白他終於把我當作大人看待，因此開心得不得了。我今後可以和這個人永遠在一起了，永遠、永遠！再也沒有任何阻礙！可是，事情並不如我所願。隔年春天，我只向父親坦白我和他的感情，於是父親這麼對我說，他說他不會把女兒交給相差十四歲的男人，還說我的結婚對象早就決定了。

我的眼前一片黑。在那之前，我不曾聽說父親擅自談定了我的婚事。我完全無法冷靜，拚命央求父親，趴在榻榻米上哀求父親，父親卻絲毫不為所動。他厲聲告訴我，他不會告訴別人這件事，要我別再和那個男人見面，便狠狠關上門。

從那天起，我和那個人要在外頭見面也變得困難。只要我想出門，父親就會百般叮囑，而我也必須小心別被鄰居看見。就這樣，我們見不到面的日子愈來愈多，我的心像得不到雨水滋潤的花草一樣枯萎，我又孤單又不甘心，甚至開始恨起父親。也因為這個緣故，我對於幫忙做家事及庭院草木的澆水工作都心不在焉。我望著樹叢圍籬另一側、那個人的住處方向發呆的次數愈來愈頻繁。等我留意時，才發現我的心不在焉使得樹叢圍籬變得無精打采。我看到這情況，心想不可以，再怎麼樣也不應該讓這些草木乾枯，因為一直是我在照顧它們。我當時真心這麼認為，可是很快又改變了主意。」

千翳小姐把手伸向眼前快枯死的山茶樹，扯下一片枯萎的葉子。這舉動看來十分殘忍。

「如果繼續這樣，維持只有一棵樹不澆水的話，只有這棵樹枯掉的話，我或許就能夠看見樹叢圍籬的那一頭了。這麼一來，我就能夠從圍籬這一側看見那個人走過這條路。這麼做只是很孩子氣的想法，什麼問題也解決不了，但是，如果只要這麼做就能夠偷偷見到那個人的話，我也就能夠接受——我是這麼想。」

說完，她以手指搓揉枯葉。那片葉子雖因為今天的午後陣雨獲得久違的甘霖，葉子表面卻不見半點濕潤，大概已經回天乏術了吧。

「直到今天之前，每到黎明時或三更半夜，我就會和那個人在這裡隔著樹叢圍籬互相凝視、說話，甚至也有了美好的吻。」

她邊說邊以挑釁的眼神看著在場的母親和弟弟。我忍不住看向老師，旋即低下頭。

「我們趁著無人經過的時候做這些事。他總是急忙離去，而我卻因為這短暫的時光得到無與倫比的救贖。

當然那段期間我也不斷找機會和父親商量他的事情，希望能夠說服父親，卻總是無功而返。我不明白父親為什麼那麼討厭他，於是好奇地向母親和鄰居打聽，是不是曾經發生什麼事。」

我偷偷看向乙繪女士。她聽到女兒的話之後，出現旁人也能輕易看出的倉皇。

「然後，不出所料，我知道過去出過事。百彌先生的父親百介先生，曾經與家母……」

「住口！」

大聲制止的人是乙繪女士。我剛才一直在偷看她，所以我十分清楚她的臉色逐漸鐵青。

「難道……老媽和篠川家的一家之主……有一腿嗎……？」

鐵太先生一臉錯愕地來回看著身旁的母親和篠川家的方向。

「那是……不、那個……」

乙繪夫人吞吞吐吐好一陣子，說著不似否定也不似辯解的話，最後終於放棄掙扎，這樣說：

「那是……只發生過一次的錯誤……」

她聲若游絲。若不是因為她在放煙火的空檔開口，恐怕無法聽見她的聲音。千鶴小姐以含淚的雙眸目不轉睛地望著母親。

「沒關係，媽，那些已經無所謂了。」

她的眼神不是在看著母親，而是在看著一個女人。

「於是，我明白父親絕對不會原諒篠川家的男人。從那之後，我不再全心說服父親。了解狀況後，那個人曾經對我說：『我直接去見妳父親、說服他吧。』可是我能夠預見情況將會演變成無法收拾，所以我一直安撫他。他也不只一、兩次勸我和他私奔去結婚，我卻始終無法點頭。身為女兒的我十分明白，無論我們逃到天涯海角，父親一定會找到我、把我帶回來。我父親就是這種人。他一定是希望將我擺在身邊裝飾，就像那些幽靈畫一樣。」

也許在她看來，父親早已被附身了。

「可是——大概是到了上個月中旬吧，那個人帶著比平常更黑暗的眼神對我說，他終於下定決心，叫我無須擔心。從那天起，我一直有不好的預感，因為我不曾見過那個人有那樣的眼神。

然後，今天，煙火開始施放後，我回到家就見到父親死在自己房裡。

可是，我不認為父親是自殺。一想起那個人擅長用槍，我立刻明白了。

這不是自殺，是那個人射殺了父親！

他是否偷偷藏著槍，這點我不清楚，不過當我看到樹叢圍籬那一頭的木板圍牆破損時，已經能夠確定答案。他一定是想到了方法，決定從遠處利用樹叢圍籬的縫隙射殺父親。為此，他趁著夜裡破壞隔壁的圍牆，打造出一條子彈能夠從自己家裡通往父親房間的『直線通道』，並且等待今天的到來，隔著木板圍牆和樹叢圍籬射殺父親。

一想到這些，我幾乎是反射動作立刻關上四面八方的門窗。我沒有什麼深思熟慮的計畫，只覺得必須掩飾那個人做出的可怕事情。於是我想起來了，想起父親過去曾經私底下帶著好玩的心情寫下的那個東西。」

她的視線幽幽望向房間後側，彷彿在追著什麼看不見的東西，令人毛骨悚然。

她的視線前方是仍舊擺在矮桌上那張永穗教授的遺書。

「也就是父親所寫的遺書。」

仍舊癱坐在地的夫人茫然仰望自己的女兒，眼神猶如在看著陌生女子。她以前一定不曾見過女兒這一面吧。

「我之前在打掃時偶然發現父親寫的遺書，不過那似乎不是正式的遺書。我當時看到的遺書內容，與今天找到的遺書完全不同，內容也迥異，有著獨樹一格的文字遊戲笑話。一定是父親寫遺書時，吟詩作對的詩興碰巧大起吧。」

現在回想那個內容，如果是正式的遺書的話，的確有些滑稽，也沒有提到遺產，更重要的是「明年也一起欣賞庭院裡的山茶花吧」這句話最奇怪。

亡魂回家是在秋天的中元節，教授卻說要欣賞冬天綻放的山茶花，這結尾有夠糟糕。熱衷於幽靈研究的教授會寫出這麼不妥的遺書嗎？

八成是擔心萬一被家人看見，他才故意加入這個玩笑，藉此表示這封遺書不是真心的吧。

「父親是個古怪的人，不管是睡著或醒著都離不開幽靈、幽靈、幽靈。在屋子裡裝飾幽靈畫，也持續收集幽靈相關的書籍，他一定是或多或少想要靠近『那個世界』，或希望感受死亡。總之，我一看到父親死亡時，立刻想起那封遺書。只要警方一搜查，一定會找到遺書。有了這想法之後，我就決心讓父親的死看來像是自殺。我以為警方一定也會這麼判斷——」

大概是說了太多話，千翳小姐的聲音已經完全沙啞。

「可是，計畫卻半路出岔子，我沒料到正好就在今天，妳這樣的偵探會來我家拜訪。」

「千翳小姐……我是……」

我咬著唇，無法繼續往下說。她滿是泥濘的雙腳教我心痛。

「那個人殺了家父，我卻沒有恨他，反而對那個人產生更深刻的愛意。然後，一想到與那個人的未來，我就心跳不已。那瞬間，我一定不再是人，而是為了情感而停留在這世間的幽靈。」

我變成怨靈了——她說。

「只因為一場戀愛就殺死父親，為的是一輩子相守——一般人會不會覺得這樣不正常？是不是覺得這只是少女一時鬼迷心竅？可是有哪個戀愛不會鬼迷心竅呢？」

我無法回應她的話。相較於千翳小姐，我甚至連少女也算不上，我只是個不懂戀愛的小孩。

最後千翳小姐站到員南刑警面前，伸出雙手。

「我要說的就是這些了。好了，刑警先生，請逮捕我。」

員南刑警突然聽到這番話而猶豫了嗎？他摸著雜亂的鬍子，含糊地說：

「那個，如果妳說的話都是事實，妳就會因為隱匿證據被定罪，甚至有可能被認為是涉嫌協助殺人……妳沒有打算逃走的樣子，而且我們也必須先確認篠川本人的自白，所以細節等到那些確定了再說吧。如果可以，我希望妳和我們一起前往篠川百彌家，勸他出來自首。」

刑警謹慎挑選詞彙後這麼說，他是擔心篠川先生可能持有槍械吧。

「……我明白了。」

「多謝幫忙。對了，還有一件事情我很好奇，篠川殺死教授之後，為什麼不逃呢？他應該有足夠的時間逃往其他城市或地方。然而，他現在仍待在自己家裡。我對於這一點十分不明白。難道他相信妳一定能夠讓眾人相信那是自殺、認為自己不會被逮，不把我們警方看在眼裡嗎？」

「那是……」

「啊啊，算了。這件事我之後再慢慢問他吧。」

接著，刑警大大吐出一口氣，依序瞪著我和老師。

「聽好了，你們兩個待在這裡，別再一副旁若無人的姿態插手管事了。」

聽他這麼說完，我終於能夠放鬆持續緊繃的肩膀。樹叢圍籬、木板圍牆、千鶻小姐真正喜歡的對象等等，總算能夠不出錯地推理完畢。

案子到此已經解決——

「刑警先生，請問——」

我才這麼想，千鶻小姐就開口問員南刑警這個問題。

「在這次的事件裡，我是否也會被求處和那個人同樣的刑責呢？」

「不，就我聽到的，實際動手的人畢竟是篠川，擬定殺人計畫的人也是他，所以在正常情況下，那傢伙應該會入獄服刑好幾年吧。不過妳放心，相較之下妳的罪應該很輕。」

刑警儘管笨拙，也懂得以溫和的聲音回答。他大概認為對方這樣問是擔心自己的未來吧。

可是一聽到這回答，千翳小姐的表情變得難以用腦子裡的詞彙形容。若是久堂老師的話，或許會這樣說——她的表情彷彿持續等待十年的船隻沒能夠靠岸在自己所在的海港就要離去，或是眼睜睜看著那艘船沉沒在眼前。

「……只有那個人要在監獄圍牆那頭待上好幾年嗎？」

「嗯。姑且不論動機為何，篠川這男人畢竟殺了人。待在監獄裡贖罪是最好的……」

「我們又要分隔兩地了，是嗎？」

她已聽不進刑警的話。究竟該如何安慰她呢？——我正想著這件事，她竟突然把手伸向我。

「呀啊！」

我反射動作想要退開卻已經來不及了。我的手臂被她以不似女性會有的力量拉住，等我反應過來，她已經繞到我身後。

「喂，妳這是做什麼！」

員南刑警放低姿態擺出準備動作，看著我們。夫人等人則以近乎慘叫的聲音呻吟著什麼，可是我沒有多餘的心力聽清楚他們說的話。

「妳身上一直藏著那個東西嗎？」

我的脖子上有一把尖銳的水果刀抵著。領悟到這一點之時，我瞬間渾身發熱、噴出冷汗。那把水果刀一定是她在廚房裡削完桃子後偷偷藏在衣袖裡。

「千翳小姐……妳為什麼要做這種事……」

「別說話。別想動搖我的心！我已經決定了，我決定要這麼做。雲雀小姐，雖然對妳實在很抱歉——」

我耳邊聽到她的話裡充滿發狂的語氣。

「刑警先生……我說刑警先生！我該怎麼做才能夠加重罪行？用這把刀子在這個孩子臉上劃下永生無法消失的傷痕，就能夠與那個人同罪了嗎？還是把刀子殘酷地插進這個潔白的脖子上就行了呢？請告訴我！告訴我答案！**我想要和那個人背負同樣的罪、受到同樣制裁，該怎麼做才好**？該怎麼做才好！」

她大叫，彷彿想要把逐漸遠離的重要船隻喊回來。

我的眼角看見夫人因為這失控的激情而昏厥，鐵太先生則倉皇地想要抱起她。

「喂！妳別自暴自棄！聽好了，慢慢把那把刀遞過來。別無端端增加自己的罪孽。」

員南刑警小心翼翼地勸說卻沒有被她聽進耳裡。

「那個人在監獄圍牆的那一頭，只有我待在這邊，我不允許。我愛了他十年，好不容易、好不容易可以和那個人在一起了……我又得一個人待在外面等上好幾年，這教我怎麼忍受——！」

猶如冬季新月般尖銳冰冷的刀子表面，倒映著千翳小姐淚濕的雙眸。那是想要把重要的東西拉回自己身邊的人的眼淚。
現場陷入膠著。每個人只是靜靜看著千翳小姐的舉動，就像在看著即將發射的煙火一樣。
可是在我面前——
「到此為止。」
老師就站在我幾乎能夠觸碰到的地方，帶著平常看不見的嚴肅表情，緊盯著在我身後發抖的女性。
「妳如果敢動她，我會在那個叫篠川的男人面前殺了妳。」
我喘不過氣來。
第一次看到老師這種表情。
老師平常總是帶著不正經的語氣開玩笑，或是以真摯的態度說謊，可是此時此刻他彷彿是一頭凶暴的野狼，他的話裡沒有半點玩笑，只有攻擊性。
老師、老師，別露出那麼可怕的表情。
「喂，寫書的！你別亂說那些刺激她的話！」
「老狗你給我安靜。與即將崩潰而嘶吼的人談道德良知，你以為會有用嗎？與原本就受到那些道德良知折磨的人談道德良知，更是對牛彈琴。」
接著，老師更進一步走近我們。

「別過來！」
千翳小姐大概是被那股壓力鎮住了，將原本抵著我喉嚨的刀子轉向老師。老師卻沒有錯過那瞬間。不，應該說他就是在等著那瞬間。
老師像在捉草叢裡的蝗蟲一樣動作迅速、毫不遲疑地伸出右手，握住那把刀子的刀刃。
他的手掌心旋即滲出鮮血，在我面前一滴滴落下。
「老師！」
我不禁大叫。
「還給我。」
雙方互相用力拉扯較勁，老師的手因此流出更多鮮血。
千翳小姐的煩惱似乎透過她顫抖的手傳了過來。對她來說，讓出那把刀子等於是讓出了自己的決心與熱情。那會是多麼痛苦的抉擇呢？多麼痛苦啊——
可是老師看穿了她的煩惱。他身子輕輕一閃說：
「我不需要妳的刀子，我要妳還我的是這個。」
老師用力抓住我的手，一眨眼我已經被老師抱在懷中。
千翳小姐完全沒有料到這情況，右手仍握著沾血的刀子呆立在原地，彷彿被誰拋下。
「千翳小姐，那份情感與瘋狂與愛，全都是妳的東西，不會有人拿走，我也不會奪走分毫，我只要妳把雲雀還給我。請妳繼續懷抱那份情感，等待思慕的人吧，不管是變成幽靈或怨靈。」

老師一字一字慢條斯理地對她說。不曉得為什麼在我聽來，老師是在用他所能表達的最好詞彙鼓勵著千翳小姐。

「再說，我家已經有水果刀，也夠用了。雖說平常使用水果刀削桃子皮的總是雲雀，而我則是負責吃。」

不知不覺間，老師的語氣又恢復原本的傲慢態度。

此時，原本氣勢減弱的煙火再度同時射向夜空。悄悄飄浮在黑夜中的雲朵被煙火照亮，在夜空裡映照出夏日的模樣。

千翳小姐握著刀子放聲大哭。鈴蘭花樣的涼爽夏季和服、滿是泥濘的雙腳、手上是沾著血的刀子——

然而她卻哭得像個孩子。

即使是彷彿在強調這是最後高潮的煙火群聲響，也無法掩蓋她的哭聲。

員南刑警靜靜站在她身邊，慢慢拿起她手裡的刀子。

「我剛才說要妳和我們一起去篠川家的事……就當我沒提吧。」

他故意抬頭看著大宅的屋簷落水管，有所顧忌地說。看樣子只要女人一哭，他就沒轍。千翳

小姐好一會兒任由淚水滴落腳邊，不過最後她以自己的袖子擦擦眼睛。

「不。」

她搖頭。

「不，我要去。此刻我非常想要見到那個人。」

她眼睛深處的深厚情感仍像灰燼裡的火星一樣點亮著，臉頰染上了櫻粉色。

大概是煙火的光芒吧——我仰望天空這麼想著。

但是，原本布滿整個夜空的煙火，早已不復存在。

*

我想接下來就簡單說明後來的發展吧。

千翳小姐向我和老師說完：「對不起。」並深深鞠躬後，就被員南刑警帶往篠川先生家了。

「我會繼續等待，等著那個人，所以——」

妳也要加油——臨去時，她這麼對我說。這句話讓我的心臟跳快了一拍，而且變得滿臉通紅，但我卻無法從千翳小姐的身上移開視線。

我覺得自己似乎明白成熟穩重的她揮舞刀子、想要加重自身罪行的心情，似乎明白希望讓自己與愛人背負同等重量罪行、維持天秤平衡的心情。

我覺得自己似乎懂。

結果，我和老師沒能夠見到動手行凶的篠川百彌。

接下來是警方的工作——一方面是員南刑警態度嚴肅地堅持他的意見，另一方面也是因為我忙著處理老師的傷口，沒那個興致。只不過受傷的當事人卻不願意乖乖接受緊急包紮，從頭到尾不斷說著惹人厭的話。

再者，即使我們能夠取得警方許可、一同前往，我想我也會拒絕。我不希望在千翳小姐和篠川先生見面的場合插上一腳。

乙繪夫人猶如需要上發條的人偶，茫然目送女兒被帶走的背影。失去丈夫、過去的外遇又曝光，接下來她該怎麼辦？身為職業婦女的她是否會選擇全心投入工作？或是再次重拾母親的身分面對千翳小姐？

鐵太先生雖然也一直逞強，不過當他直擊姊姊不為人知也沒人留意的激昂情感時，似乎顯得不知所措，他或許是深切感受到自己的幼稚。他今後是否會減少裝模作樣耍無賴、夜晚在外遊蕩的情況呢？雖說經歷過這些之後，他還有可能不改舊習。畢竟本性難移乃人之常情。

下過雨後的地面變得比原本更堅硬。那一家人也一樣嗎？不，這不該由我來想。

這不是偵探的工作。

「話說回來，老師──」

在永穗家簷廊上替老師包紮時，我問了一個自己始終在意的問題。

「沒有開槍的永穗教授身上，為什麼會驗出硝煙反應呢？」

這也是千翳小姐布置的假證據嗎？

「啊，比方說，她讓教授手上握著槍，然後朝著完全不同的方向扣扳機，這樣？這麼一來，既找不到教授射出的子彈也不會留下指紋了，對吧？」

如果要臨場發揮的話，我覺得這是我所能想到最好的辦法。

「我想，正確答案是教授的槍射出的子彈從打開的門窗飛往某個方向去了。不過我不認同這是千翳小姐布置的假證據。如果她這麼做，一定會增加夏季和服沾染血跡的風險，而且我曾經有多次機會靠近她身邊，卻沒有嗅到半點硝煙味。所以關於這件事，我有另一個假設。」

「另一個？」

「永穗教授正在清理槍枝時，突然遭到槍殺，中彈的衝擊力道讓教授的身體一緊，因此誤扣了扳機。」

「所以教授身上會驗出硝煙反應？可是這樣子也太奇怪了，哪有人會在清理槍枝時裝上子彈呢──」

再怎麼奇怪的人，也不至於做這麼危險的舉動吧？

「嗯，非常危險。教授為什麼要裝上子彈呢？他是不是打算射擊某個目標，不，射擊某個人呢？趁著今天這個眾多煙火就在附近施放的日子。」

趁這個能夠以煙火聲響掩蓋槍聲的日子。

「他或許也知道樹叢圍籬的事。他透過女兒偷偷用來幽會的樹叢圍籬縫隙往外看出去，發現鄰居家後院的木板圍牆今天正好壞了。欸？正好可以看見那個誆騙我寶貝女兒的男人住處。這麼說來，今天碰巧要放煙火，我就用我手邊這把槍威脅對方一下好了。或者是──」

乾脆就把他射殺了吧──

「可是先一步扣扳機的人是篠川。」

「不、不會吧……」

我仔細聽到最後，卻只能發表這麼普通的感想。

「這終究只是我的假設。」

替老師包紮完畢，我將濕毛巾擺在昏過去的夫人額頭上，鏑木刑警正好興高采烈地回來了。

「篠川本人剛才已經自白了，一切如同雲雀小姐所推理！」

他從簷廊進入榻榻米房間，開心地執起我的手上下晃動。

「別稱呼我雲雀小姐呀。」

對方年紀比我大而且還是個刑警，稱呼我居然加敬稱，聽起來總覺得不舒服。可是，我的請求他連聽都沒聽進去。如果可以的話，真希望他把這句話寫在筆記本裡。

總之，案子似乎圓滿落幕了。

「敝人在下好感動啊！我一直以為名偵探只會出現在小說裡！沒想到真的存在！女學生偵探！好厲害！」

「呼。」聽到他這麼說，我也只能回以類似汽球消風的聲音。

幾位嗅到蹊蹺的報社記者，也從樹叢圍籬另一側探出頭來。其中一位看來年輕的小個子記者一手拿著相機，朝我們開口說：

「我聽到消息了！颯爽現身解決案子的人，就是那邊那位姑娘吧！這會是一則好新聞！標題是：『兩國幽靈大宅殺人事件！女學生偵探精采破案！』」

記者們紛紛說：「請務必告訴我們事情經過。」啪嚓啪嚓地朝我按下相機快門。

我心想：「變成麻煩的情況了。」就聽見背後傳來「啊哈哈」的笑聲。不用看也知道老師正覺得很愉快。他正望著陷入麻煩的我，拍著大腿說：「有趣有趣。」

「喂喂！你們別未經許可就亂拍照，這樣很困擾欸！」

鏑木刑警雖然出面替我解圍，但從他的表情看來，似乎也對這情況樂在其中。

「哎呀，那位不是偵探小說家久堂蓮真老師嗎？這下子真是奇怪……啊，不對，真是華麗的搭檔組合啊！莫非老師的下一本作品裡將會出現美麗的女偵探嗎？」

話題突然轉到老師身上，他卻無視眾記者，冷不防就把我打橫抱起。

「好了，我已經欣賞夠了，我們差不多要回家了。」

「等、等一下、老師——！」

我這副模樣，簡直就像是做了壞事被父母親帶走的孩子。我哪有做壞事！我可是努力解決了案子！可是扮演了偵探角色啊！

就這樣我被迫以難看至極的姿態退場了。

*

我跟隨著走在前面不遠處的老師背影，走在行人變得稀落的隅田川沿岸。

四周的燈籠彷彿是對煙火的眷戀。我從剛才就扭扭捏捏、猶豫著是否該出聲喊住那個背影。我的視線已在自己的腳尖和老師的背影之間來來回回無數次。

「呃……老師。」

我下定決心後開口。

「謝謝你救了我，可是你的手……」

他的工作就是寫字，現在卻——

右手裹著繃帶。是我包紮的卻包得不怎麼好看，所以現在看到更覺難為情。不會留下傷疤吧？是不是上醫院給醫生看看比較好呢？我的腦子裡想著的全是不好的情況。一旦產生這樣的想法，我也阻止不了自己，甚至開始想像一般人不會想到的悲劇情節。

於是我忍不住停下腳步大喊：

「如、如果老師因為那個手傷，再也無法寫小說的話，我可以代替老師的手！由我代替老師，把想到的故事寫成稿子！」

路過的民眾回頭看向我們，好奇發生什麼事。還有人說我們是因為爭風吃醋在吵架。

可是，唯獨老師沒有轉過頭來，他只是停下腳步而已。他在月光照射下的背影，在我眼裡就像一扇絕對打不開的堅固大門，門上掛著沒有任何人能夠打開的門閂。

我在說什麼傻話啊。這樣做根本就是小孩子的做法，什麼問題也解決不了，只是幼稚的自我滿足。

我因為剛才聽了千翳小姐的愛情故事，現在有些不太對勁——從很早以前就認識彼此、年紀較自己大上許多的思慕對象——因為聽了她那樣的故事。

我終於感覺可悲而緊閉雙眼。

耳裡只聽見河川盛大的水流聲。聽著那個聲音，我祈禱著這場尷尬能夠盡快過去。

卻突然聽到老師的笑聲壓過了水流聲。我一睜開雙眼，就見老師笑彎了腰。

「我還以為妳要說什麼……居然是……代替我的手！雲雀！以那隻宛若十月紅葉般的小手！嘻嘻嘻……啊哈哈！」

我想太多了，老師剛才只是在拚命忍住笑意而已，他只是覺得我胡思亂想、沒頭沒腦衝口說出的話太好笑而已。

我一瞬間渾身發熱。

「過分！人家真的很擔心才會認真考慮啊！嗚嗚哇！」

大概是太丟臉或不甘心，我莫名其妙大力推了老師的背一把。結果老師大概是大意了，他居然立刻失去平衡，就要跌進隅田川裡。

「嗚喔！要跌下河裡去了！」

「呀啊！老師要跌下河裡去了！」

我沒有真的打算推他下水，所以連忙抓住手拉住他。我抓住的正好是裹著繃帶的那隻手。

我們兩人好一會兒像有兩條細臂的挑擔平衡人偶一樣搖搖欲墜，最後我還是安然把老師拉回岸上。我們撫胸調整呼吸，這景象真是丟人。

「真是的，只要一扯上妳，老是這……妳不懂什麼叫做調整力道嗎？」

「對不起。」

我縮起身子安分道歉。可是我覺得老師也不懂調整壞心眼的程度，基本上就連今天事件的推理也是——

我還在心裡喃喃抱怨時，頭頂就擺上一隻大手，大手就這樣摸摸我的頭兩、三下。

「我今天累了，回去之後幫我煮杯熱咖啡。」

說這句話的老師，眼裡倒映著隅田川邊某個人點燃的仙女棒火花。這是我最愛的老師表情。

我們兩人走在隱約留下煙火氣味的馬路上。

漫步在夜裡。

*

隔天，我把受託跑腿的那本書交還給枯島先生。

「於是，這本書又回到了我手上——有點寂寞呢。」

收下書的枯島先生感慨萬千地說。他似乎已經聽說永穗教授的死訊。聊天時，我順便告訴他事件的梗概，一提到遺書那段內容，枯島先生就十分認同地點頭。

「我相信每位研究者對於『希望能夠盡量靠近研究對象、踏入那個世界的心情』都會產生共鳴。以永穗教授來說，他的目標就是幽靈、那個世界。現在他終於得償夙願，抵達那個世界了。我有些羨慕呢。」

我忍不住毛骨悚然。枯島先生也有某個神祕的願望嗎？

比方說，遇見真正的妖怪之類的——

「不曉得他現在怎麼樣了，也許正在自己的家裡徘徊。」

「別這樣，這樣一來那兒不就變成真正的幽靈大宅了嗎？」

「抱歉抱歉。不過實際在兩國幽靈大宅裡的不是幽靈，而是被愛情附身的姑娘。」

聽到他這句話，我一時陷入沉思。他們兩位怎麼樣了呢？千翳小姐會再度繼續等著他嗎？

「說到寂寞，據說教授過世後，大宅裡的那些幽靈畫及相關書籍在不久之後將會拿出來出售。幽靈們即將離開兩國幽靈大宅了。」

然後，幽靈們將會前往另一間屋子——

枯島先生像是突然想到，抬起頭來。

「對了，妳看過今早的報紙嗎？角落有一則報導說：『坊間盛傳的女學生偵探現身——』」

「我、我先走一步！」

我有一股非常不好的強烈預感，所以連忙跑出「穀雨堂」。

「不管是那個世界或幽靈，都很有宗達看事情的風格。若是我，連那種事情都不會去想。」

我去了老師家，告訴他枯島先生所說的話之後，老師聳聳肩嘆息。

「老師完全不信嗎？」

「這不是信不信的問題，只是我放棄去追究那些東西是否存在。因為我還有許多其他事情要思考。」

也就是說，他對於所有不可思議的事物都抱持保留的態度嗎？

「不過，你在那間大宅裡也說過吧？你說：『看見幽靈了！』」

「誰說了那種話？」

「你。」

「別用手指指著我。」

「好痛，別扯我的辮子！」

「我是說『有犯人』，我看見犯人了。」

「咦！可是難道……」

「當時**從我坐的位置能夠看見犯人**，不管是遠在樹叢圍籬外的自家中悠然眺望煙火的篠川百彌，還是偷看到對方的反應後，也跟著仰望煙火的永穗千翳。」

——有犯人。

——那邊也有，這邊也有。

回想起老師當時的話，我當場變得很沮喪，渾身上下全沒了力氣。

原來老師其實是在看著犯人啊——

他早在那個時間點就已經以幾乎確信的形式，看穿犯人與他的共犯，接著再故意煽動我、讓我推理——

我連生氣的力氣都沒有了。

仔細想想，在我們進入大宅之前，他就格外在意且一直在觀察那道樹叢圍籬，他一定早在那個時候就發現樹叢圍籬有一部分特別低矮。

——出來的會是鈴蘭嗎？

事到如今回想起老師若無其事所說的那句話，也許他當時一直望著千翳小姐來回關閉大宅門窗的模樣。

「不過，話說回來，篠川先生為什麼犯案後不立刻逃走呢？他應該有足夠的時間逃跑才是，他卻沒有逃走。」

我雖然拜託鏑木刑警去篠川先生家裡看看，不過老實說，我原本以為他會金蟬脫殼，可是他卻在家，而且還悠哉地在自己家裡看煙火。

「他大概是堅信自己的作為不會被識破，所以大意了吧？一方面也是相信千翳小姐會替他把父親死亡的現場布置成自殺——」

我一口氣這麼說完，就被老師嘲笑。

「妳果真還不懂男女內心的微妙之處啊。」
我雖然對此感到生氣，不過還是把怒意吞下去，請教老師那是什麼意思。
「妳想想，千翳小姐最初為什麼甘冒被懷疑的危險，也不願意弄髒夏季和服？如果她希望別人認為父親的死是自殺，只要別擔心血跡弄髒和服、直接趴在父親身上就行了。這麼一來，妳也不會懷疑到她身上吧？」
老師說得沒錯。
「然而她卻沒有那麼做，因為她不願意。即將和思慕的人一起看煙火，卻讓特地準備的重要夏季和服染上鮮血的話，可就前功盡棄了。」
只因為想要讓喜歡的對象看看自己穿上夏季和服的美麗模樣。
「只、只因為這種理由——」
不對。對於千翳小姐來說，這樣的理由已足夠。她只想穿著漂亮的夏季和服、和喜歡的人一起看煙火。這就是她無論如何也不願意弄髒夏季和服的原因。
比起父親的死，她更在意穿給戀人看的夏季和服。這種選擇會讓世人覺得她是冷酷無情、沒血沒淚、為了追求異性而發狂、害死父親的邪惡女人吧。
可是，或許對於當時的她來說，這個願望就是一切。
「那麼，難道篠川先生也是——」

為了和千翳小姐一起看煙火。
所以他沒有逃走，依舊留在那兒。
在眾人為了找出事件真相而來回奔波、抱頭苦思之時，他們兩個人隔著鄰居家、分處那裡和這裡，各自仰望夜空。

——我和那個人約好了一起看煙火。

「他們……是為了遵守約定。」
「過去的事就到此為止吧。老是糾結幽靈什麼的，可寫不出好作品啊。好了，開工開工！」
老師喝了一口仍然冒著熱氣的咖啡後說。他今天格外有幹勁。
我現在正握著老師平常使用的鋼筆，坐在老師平常坐的椅子上，瞪著稿紙。
「嗚嗚……你居然真的要我代替你寫稿子！」
從事件隔天起，老師就以右手的傷當作盾牌，無論什麼事情都吩咐我去做。雖然「去煮咖啡！」倒是我平常就在做的事。他就像個孩子一樣，超越了旁若無人的境界，遠遠比我更像小孩子！
「有時間低頭抱怨不如低頭寫稿！矢集晚上要來拿稿子了。那麼，我繼續說接下來的內容。

第三章、名偵探・遲來的登場篇。第一行是——」

「嗚嗚。」

「不准哭，稿紙會弄濕。」

我不停哇哇呻吟，卻也認為照這情況看來，接下來的幾天，也必須片刻不離照顧老師才行。

只要一想到這件事，我自然就會露出笑容。

啊啊，我好不甘心，我好恨啊。

Jogakusei tantei
to
Henkutsu sakka

後記

我想應該是中學時候的事。國文老師發講義給我們的同時，也發了一份作業，題目是：『請找出並上台報告你最喜歡的一句話，或是對你而言最有意義的一句話。』

當時的我很討厭念書，卻偏偏對這類作業異常積極。

「要選擇那句漫畫台詞？或是借用那部電影知名畫面中出現的對白？」——在下次上課之前，我認真到甚至不顧其他作業，努力思考最喜歡的一句話。

我總是弄錯應該努力的方向。

太普遍的名言很無趣。既然機會難得，我應該選擇稍微冷門又能夠感動眾人的一句話。我就這麼受到青春期特有的心機影響，逐漸脫離原本的目的卻不自知，每天翻閱著漫畫和書籍，已經進入傻蛋的境界了。可是不管我怎麼翻書，還是找不到中意的那句話。因為我太投入的關係，造成我心中的門檻標準過高。這種句子不行！這種程度無法改變世界！說起來一項作業哪會改變世界呢？連成績也改變不了吧。

終於到了上台報告那天，我還是沒有找到想要的那句話，不知所措的我專注聽著班上同學的報告。他們每個人都帶著亮晶晶的雙眼，介紹漫畫主角或運動選手的名言。太耀眼了！

漸漸地，就快輪到我了，我卻還沒選定一句話。我開始害怕搞不好無論選擇哪句話，都會被班上同學恥笑。我感到不甘心又很無助，甚至打算乾脆躲在保健室床上一路睡到畢業好了。

但是，此時我想起老師發的講義上有幾句範例，講義裡印著幾位偉人的名言做為範本。

既然如此我只好不擇手段了，就從這些範例當中挑一句上台報告吧。

前陣子不斷追求最完美一句話的我，現在反倒選擇最劣等的做法，而我卻對此毫無所覺，只是拚命盯著講義。只要能救命，連一根稻草也要抓住。

這是假想的科學用途（It is the scientific use of the imagination.） ＊註1

講義上有這麼一句話。這是名聞遐邇的名偵探夏洛克．福爾摩斯說過的話。我選擇這句話當作自己最喜歡的名言，站在同學面前報告。我不記得自己說了什麼，大概是假惺惺說些這句話有多深奧、多美好諸如此類。明明我只是被情勢逼得走投無路，只好選擇這句話。

＊註1　本句出自《巴斯克維爾的獵犬》第四章「亨利．巴斯克維爾爵士」。全句是「我們比較所有的可能性，然後選擇最可能的，這是假想的科學用途，但是我們總有一些實際的東西做基礎來猜測。」譯文摘自臉譜出版翻譯發行的版本《巴斯克村獵犬》P.45。

曾經這麼丟臉的我，這次儘管多所磨難，還是出版了一本推理小說形式的書，我不禁覺得這或許是某種命中注定。某個大宇宙還是什麼亂七八糟的東西在告訴我：未來的你需要的不是漫畫或電影明星的台詞，而是住在倫敦貝克街221B公寓的古怪名偵探的一句話。

我後來才知道前面提到的福爾摩斯名言出自長篇作品《巴斯克維爾的獵犬》。這句台詞雖然出現在很尋常的場合，不過一方面也是因為我前面提到的往事影響，這句話後來成為我難以忘懷的一句話。這句話擁有難以形容、超乎字面含意的神奇力量。一定是因為出自福爾摩斯口中，才會那麼有分量。

「這是假想的科學用途」——這可說是誕生自虛構的真理，而這句話現在也成了我喜歡的名言之一。

接下來回歸正題，談談我主要想介紹的本作。本書是以〈舊書大宅殺人事件〉這部短片、歌曲為藍本所寫成的小說。

舊書大宅？這名稱聽來好像某個遊樂園——或許有人會這麼認為。簡單說明一下，這是我在二〇一二年創作的歌曲。

最早開始這麼做的契機是我想試著把偵探，或說推理、懸疑小說寫成歌曲。某天，我發呆望著自己寫到一半、時隔很久沒能繼續寫下去的小說原稿，突然有了這個念頭。我從以前就喜歡同時寫小說和寫歌，兩者並行，手邊也有許多寫到一半就觸礁的故事。
神田神保町、密室、不在場證明、動機、奇怪的作家——
以歌曲為藍本的這部小說是與舊書有關的偵探推理小說，對我而言充滿能夠變成有趣歌詞的主題，因此而完成的歌曲就是〈舊書大宅殺人事件〉。然後，之後再委託插畫家なのり（NANORI）老師繪製插畫，於是誕生出也在本作中登場的主要角色久堂老師與雲雀。
說真的，寫歌時，我也以為這種完全顯露我個人品味的冷門歌曲，大概只有少數人喜歡吧。我擔心這首標題寫著「殺人事件」、看似危險的歌曲，能否得到平成時代*註2民眾的青睞。
可是實際發表後一看，居然獲得超乎我想像的好評。我為此獨自一人毫無意義地在房間裡倉皇失措地轉來轉去，大喊：「這是大事件！」然後，雲雀和久堂老師的冒險，就成為女學生偵探系列短片，由此延伸下去。
正因為有なのり（NANORI）老師繪製的充滿魅力的插圖，以及七星老師製作精緻時尚的短片幫忙，平常不看偵探小說的人也能夠將這系列當作輕鬆愉快的娛樂短片欣賞。如果你還沒有看過短片，卻因為讀完這本書而十分好奇的話，請務必上niconico動畫搜尋。

*註2　平成時代是從一九八九年至今。

本書一共由兩篇中篇故事和一篇短篇故事所構成，三篇都是〈舊書大宅殺人事件〉發生之前的小插曲，內容不算太長，就像切成適當大小的長崎蛋糕一樣。如果各位讀來覺得輕鬆，本人將甚感高興。

我那不曉得什麼時候會派上用場而隨意滋長的想像力——別說科學用途了，似乎只能用在非科學的場合——毫不保留地發揮作用、寫出了這部作品。請各位盡情欣賞雲雀和久堂老師一邊拌嘴一邊破解事件的姿態。

最後要由衷感謝責任編輯波多野編輯，踏實引導左右前後都不分的我；也要感謝每次在出版社或活動上碰面，總會以最棒的笑容療癒我心的松崎編輯。

我也衷心感謝負責製作短片的七星老師。

然後，還有協助畫出這部作品出色插畫的なのり（NANORI）老師，真心感謝。我最喜歡老師的畫了。

那麼，期待改日再相逢。

てにをは（TENIWOHA）

參考文獻

朝日文藝文庫《街道漫步36　本所深川散步・神田一帶》
司馬遼太郎（朝日新聞社）
《江戶東京影像書4　昭和30年東京美好年代》
（編）川本三郎、（攝影）田沼武能（岩波書店）
《美味咖啡事典：從自家製義式濃縮咖啡到終極美味咖啡》
成美堂出版編輯部（成美堂出版）
筑摩學藝文庫《妖怪民俗學》
宮田登（筑摩書房）

てにをは老師的女學生偵探系列
出小說了！
喜愛久堂老師與雲雀的各位，真的很感謝
你們的支持。我最愛你們！
多虧有各位，我才能夠努力到現在。
也要謝謝協助製作短片、總是總是和我
一起加油的七星老師！
也由衷感謝總是聽我訴苦的こーや (Kōya)
和キサラ (Kisara)——！

恭賀小說出版！

以這種方式讓我也在小說裡插一腳，真是不好意思。

這兩個從短片世界裡跳出來的角色，

很令人怦然心動、雀躍不已，對吧！

我私心覺得也讓枯島先生參與其中

真是鬆了一口氣！太好了～^o^

てにをは老師＆なのり老師，兩位辛苦

多謝
支持

2013．堤^o^

漫畫摘要

舊書大宅殺人事件』

我是最愛看書的花本雲雀。
也是推理小說家久堂蓮真的頭號書迷。
因為某些緣故，得以和老師認識，原本對此雀躍不已——
沒想到他卻是個怪人。
原作 てにをは（TENIWOHA）
安靜不說話的話，算是一位美男子呢。
安靜不說話的話……
※獰笑
啊哈哈哈哈
把我理想中的久堂蓮真還來！
老師覺醒了……
因為咖啡喝多了嗎……？
漫畫 なのり（NANORI）

最初出處／MIKU-Pack 00 music&artworks feat. 初音MIKU

被捲入的故事舞台是舊書大宅。
充滿舊書與詭異的味道！
接下來，豔麗三姊妹也會登場喔。
久堂老師還是一樣被女人誘惑了。
我有預感會有案子發生！老師！
何不妳自己去解決吧？
完結

令人引頸期盼的女學生偵探系列第二集——

《舊書大宅殺人事件》近期上市，敬請期待！

—女學生偵探系列二—

國家圖書館出版品預行編目資料

女學生偵探與古怪作家 / てにをは作 ; 黃薇嬪譯. -- 初版. -- 臺北市 : 臺灣角川, 2015.09
面 ; 公分. -- (角川輕.文學)(女學生偵探系列 ; 1)
譯自 : 女学生探偵と偏屈作家 : 古書屋敷殺人事件前夜
ISBN 978-986-366-690-5(平裝)

861.57 104014531

輕文學 Light Literature

女學生偵探與古怪作家 —女學生偵探系列 1 —

原著名＊女学生探偵と偏屈作家 —古書屋敷殺人事件前夜—

作　　者＊てにをは
插　　畫＊なのり
譯　　者＊黃薇嬪

2015 年 9 月 26 日　初版第 1 刷發行

發 行 人＊加藤寬之
總 編 輯＊呂慧君
主　　編＊李維莉
文字編輯＊張秀羽
資深設計指導＊黃珮君
美術設計＊邱靖婷
印　　務＊李明修（主任）、張加恩、黎宇凡

發 行 所＊台灣角川股份有限公司
地　　址＊105 台北市光復北路 11 巷 44 號 5 樓
電　　話＊（02）2747-2433
傳　　真＊（02）2747-2558
網　　址＊http://www.kadokawa.com.tw
劃撥帳戶＊台灣角川股份有限公司
劃撥帳號＊ 19487412
製　　版＊尚騰印刷事業有限公司
I S B N＊978-986-366-690-5

香港代理
香港角川有限公司
地　　址＊香港新界葵涌興芳路 223 號新都會廣場第 2 座 17 樓 1701-02A 室
電　　話＊（852）3653-2888

法律顧問＊寶瀛法律事務所